경기도에 혼자 삽니다

정희정 에세이

숨쉬는
책공장

경기도에 혼자 삽니다

정희정 에세이

숨쉬는
책공장

"희정 씨 이야기는 참 따듯해요."

글을 쓰고 그림을 그리면서 가장 많이 들었던 말이다. 사실 일부러 따듯한 이야기를 만들려는 의도는 없었다. 그저 하고 싶은 이야기를 써 내려갔을 뿐인데, 내 이야기를 보신 분들이 따듯하다고 말해 줘서 그제야 내 이야기가 따듯하다는 걸 알았다.

조금 놀라웠다. 내가 언제 이렇게 따듯한 이야기를 쓰는 사람으로 변했을까? 몇 년 전만 해도 내 인생은 잔잔하게 쓸쓸히 흘러가고 있었다. 겉보기에는 제법 시트콤 같은 일상이 펼쳐졌고, 밝고 재밌는 사람으로 비쳤지만 내 마음은 별빛 하나 없는 어두운 밤하늘 아래 앙상한 나무들만 서 있는 흙길을 걸어가고 있었다.

언젠가부터 마음속에 '삶을 꼭 살아야만 하는 걸까?'라는 의문을 늘 품고 살았다.

'사는 게 고통의 연속이라면 나는 사라져도 되지 않을까?'

‘삶이 소중하다는 건 인간이 주장하는 것뿐이지, 우주의 절대 법칙은 아니지 않을까?’

왜 세상은 사라지고 싶은 사람에게 살라고 부담을 주는 걸까. 내 인생을 책임져 줄 것도 아니면서 말이다. 세상에 화가 났지만, 화를 낼 곳이 어디에도 없어서 침대 이불 속에 쭈그린 채 눈을 꽉 감고 혼자 등져 있었다. 나는 슬프고 외로웠다.

세상 살아가는 것이 버거웠고 사람들과 관계 맺는 것도 서툴러 관계를 망쳐 버리고 상처받았다. 어쩌다 행복이 찾아오면 사막에서 작은 샘물을 만난 것처럼 허겁지겁 마시고는 놓치지 않으려고 꼭 움켜쥐었지만, 이내 손 밖으로 다 흘러 나갔다.

그러면 나는 다시 슬픔의 물잔을 들었다. 슬픔의 물잔이 찰랑거릴 때, 이별이란 작은 물방울이 그 안에 떨어져 나의 모든 슬픔이 다 엎질러졌다. 나는 주저앉아 버렸고, 결국 정신과에 가게 되었다. 퀭하게 풀린 눈, 하얗게 질린 얼굴. 나는 넋이 나갔다. 정신과 선생님께 나는 처음 이렇게 말했다.

"눈을 뜨면 아침이 밝아 온 게 싫어요. 또 하루를 살아가야 하잖아요."

눈을 감으면 이대로 사라지고 싶었고, 눈을 뜨면 방 안에 가득 찬 햇살이 끔찍했다. 다시 혼자라는 것이 싫었다. 누군가 내 마음에 들어왔다 떠난 그 빈자리가 이토록 사무치게 외롭고 아픈지 몰랐다. 너무나 고통스러웠다. 이제는 정말 사라지고 싶었다. 나라는 존재가 어디에도 기억되지 않았으면 싶었다.

죽고 싶은 충동이 심하게 왔을 때, 아무에게도 얘기하지 않았던, 집에서 나 혼자 벌인 일들을 정신과 선생님에게 이야기했다. 선생님은 입원을 권유했다. 내가 그 정도로 엉망진창인 상태인가? 입원할 정도로? 심장이 쿵 하고 내려앉았다. 몇 년이 지난 후 선생님께 얘기를 들어보니 그때 걱정이 많이 되었다고 했다.

"사고가 날 것 같았어요……. 이대로 병원을 다시 안 오시면 어떡하지 생각했어요."

그때 나는 현실이 두려웠다. 입원하면 회사에 내가 우울증이 있다는 걸 알려야 하는데 약점이 잡힐 것 같아 무서웠고, 우리 집 고양이를 돌봐 줄 사람이 없는 것도 문제였다.

결국 나는 엉망진창인 채로 꾸역꾸역 세상에 나와 살아갔다. 그러다 얼마 지나지 않아 코로나19로 인해 재택근무를 시작했고, 나는 경기도 김포에 갇히게 되었다. 그게 내 인생의 전환기였다.

관계에서 한발 멀어지고, 오로지 나만의 시간을 가졌더니, 어두운 밤하늘에 별이 하나둘씩 반짝이기 시작했고, 곧 어두움은 걷히고 푸른 태양이 떠올랐다.

재택근무를 약 2년 정도 하면서 나는 서서히 마음이 단단해지고 세상 사는 재미가 붙었다. 그때쯤 '경기도에 혼자 사는 내용으로 책을 써 볼까?' 하는 생각이 들었다.

누군가에게 들려주고 싶었다. 사라지고 싶었던 시간들이 있었지만, 경기도의 새로운 동네에서 머물면서 치유하고 혼자만의 시간을 가지며 내면을 다시 쌓아 올라간 이야기를 말이다.

내가 누군가에게 위로를 받고 응원을 받았듯이 내 이야기가 작은 울림으로 전해졌으면 하는 마음으로 썼다. 이러한 삶도 있으니 괜찮다고 말해 주고 싶었다. 나 또한 어두운 밤하늘 아래를 걸었다고. 그러다 어떻게 별빛이 다시 비추고 푸른 태양이 떠올랐는지 이야기하고 싶었다.

1장

서울을 떠나다

스물일곱 살, 김포 아파트를 사다

"희정아, 집 보러 갈래?"

"또 집 보러 가자고? 이번엔 어딘데?"

"경기도 김포야. 아빠랑 먼저 가서 봤는데 집이 정말 예뻐."

엄마는 종종 내게 집을 보러 가자고 했다. 엄마는 부동산에 관심이 많았는데, 젊은 날 서울에서 집을 살 수 있었던 기회를 놓쳤던 적이 있었다. 경제적으로 힘들 때마다 늘 아쉬워하며 그날의 얘기를 했다.

"그때 그 집을 샀더라면……. 지금 이렇지는 않을 텐

데……."

　　엄마는 자신의 집을 갖고 싶어 했다. 그러다 우리 가족이 반지하 집에서 살고 있을 때, 엄마는 의정부에 있는 아파트를 매수했다. 부모님은 그곳에 가서 주말을 보냈다. 주말마다 나랑 오빠를 같이 데려가고 싶어 했지만, 중학생인 나는 부모님이 없는 자유시간이 더 좋았다. 사실, 그때는 의정부 아파트에 매주 가는 엄마를 이해하지 못했다. 돌이켜 생각해 보니 엄마는 집다운 집에서 살고 싶었던 것 같았다. 주말만큼은 반지하에서 벗어나 번듯한 아파트에 들어가 잠시 현실을 잊고 싶어 했던 건 아닐까? 집에 대한 결핍이 있었던 엄마는 자식에게 같은 경험을 겪게 하고 싶지 않아 내 명의로 된 집을 만들어 주려 했다.

　　엄마의 권유에 '가볍게 구경이나 해 봐야지.' 하는 마음으로 부모님과 함께 김포로 향했다. 아파트 단지 안에서 부동산 중개인을 기다렸다. 난 그동안 서울에서 부모님과 함께 집 보러 다닐 때, 반지하, 아니면 다세대 주택, 빌라, 옥탑방만 구경했기 때문에 아파트 매물을 보는 건 처음이었다. 푸릇푸릇한 나무가 가득한 단지에 들어섰을 때부터 난 이미 마음에 들었다. 이곳에서 살면 산책하기도 좋겠다고 생각하며 설레는 발걸음으로 이곳저곳 구경했다.

엄마는 그런 나를 보며 덩달아 신나서 말했다.

"여기 조경 너무 예쁘지? 아파트 내부는 더 예뻐!"

엄마는 내가 이 아파트 단지 내 집을 계약하게 하려고 나를 살살 꾀었다. 부동산 중개인을 만나고 바로 내부로 들어갔다. 현관문을 열자마자 자취생이 꿈꿀 수 없는 아일랜드 식탁이 놓인 큰 주방이 한눈에 들어왔다. 주방 좌측을 바라보니 햇살이 가득한 거실이 보였고 거실 창문 넘어 하늘이 새파랗게 비치고 있었다. 그동안 서울에서는 내 보증금으로 하늘이 가득한 창문을 만나기 힘들었다.

부동산 중개인이 씩 웃으며 말했다.

"여기가 25평형인데 방이 2개라서 거실은 30평형으로 아주 잘 빠졌어요."

난 거실과 주방은 이미 마음에 들었고, 또 좋았던 점은 방이 2개인 대신 방 크기가 큼직큼직했다는 것이다. 혼자 사는데 애매하게 방이 3개로 나뉘어 있는 것보다는 널찍하게 2개로 나뉘어 있는 게 좋았다.

"계약해 버릴까?"

엄마는 그런 나를 보고 옆구리를 쿡 찌르며 흐흐흐
웃었다. 난 그 모습을 보며 이렇게 답했다.

"근데 나 돈이 별로 없어."

그러자 엄마는 대출을 받고 전세자를 들이면 돈이
크게 들지 않는다고 했다. 그 말에 혹해서 나는 그 자리에
서 이 집에서 회사까지 출근 시간이 얼마나 걸리는지 알
아봤다. 그 당시 회사가 망원역 쪽에 있었기 때문에 출근
까지는 1시간. 직행버스도 있었다. 딱 그것만 알아보고
말했다.

"엄마, 나 계약할래!"

20대였기에 가능한 결정이었다.

지금 내 나이 때 이 집을 봤더라면, 대출 이자를 내는
것, 아파트 주변의 인프라, 교통, 동네의 호재 등등 이리
저리 계산기를 두들기다 겁이 나서 매수하지 않았을지도
모른다.

그땐 정말 어리고 순수했다. 예를 들어, 집을 계약하
기 위해 가계약금 100만 원이 필요했다. 통장 비밀번호를
잘못 누르는 바람에 통장이 막혔고 하필 주말이었다. 급

한 마음에 제일 친한 친구에게 100만 원만 빌려줄 수 있냐고 물었다. 친구한테서는 '나도 없는데.'라는 연락이 왔다. 시무룩해하면서 '어떡하지?' 고민하고 있을 때 친구에게서 다시 연락이 왔다. '그럼, 내가 현금 서비스 받아서 빌려줄까?' 이 얼마나 얼토당토않은 말인가. 현금 서비스라니! 하지만 그때는 몰랐다. 그게 얼마나 신용도에 위험한지를. 하지만 개념이 전혀 없었던 나는 '응! 빌려주면 고맙지! 내가 월요일에 이자까지 같이 돌려줄게.' 하고 덥석 받았다. 그렇게 가계약을 했다.

얼마 후 집 계약을 하러 부모님과 함께 다시 김포로 갔다. 집주인이 나왔는데 내 또래의 남자였다. 뒤에는 그 남자의 부모님도 함께 와 있었다. 아마 그 남자도 부모님 성화에 밀려 집을 억지로 매수했다가 팔고 싶어서 부모님이랑 한바탕하고 집을 내놓은 것 같았다. 아무것도 모르고 집을 사는 자와 아무것도 모른 채 집을 팔고자 하는 20대 자녀들의 만남이었다. 우리는 그렇게 부모님을 등 뒤에 두고 서류에 도장을 찍었다.

집 계약이 성사되고 나자, 나는 대출금과 아파트 세입자 전세 보증금을 합쳐서 집을 매수했다. 세입자를 들

여야 했던 터라 바로 입주할 수는 없었지만 언젠가 나이
가 들고 돈을 더 모으면 이 집에서 살날이 올 거라 대충
믿고 다시 서울로 돌아왔다. 김포 아파트는 점차 내 기억
에서 흐릿해졌다.

나의 작은 나라, 방배동

"우리 딸은 방배동을 떠나면 절벽인 줄 알아요. 그래서 이곳을 못 떠나요."

부모님이 방배동에서 이사 나가며 나의 첫 자취 집을 같이 알아보러 다닐 때였다. 엄마는 사람들이 왜 같이 살지 않냐는 질문에 웃으며 늘 저렇게 대답했다. 그렇다. 나는 방배동을 떠나는 게 무서웠다.

방배동은 나만의 작은 나라였다. 다른 동네로 이사 가는 일이 해외로 이민 가는 것만 같았다. 내 주변 방배동 사람들은 참 이상하리만큼 다들 방배동을 떠나기 싫어했고 오래 머물고 있었다. 상황이 여의치 못해 떠나야 하는 사람도 이사하며 몹시 아쉬워했고, 방배동을 못 잊어 결국 다시 돌아온 사람도 심심치 않게 있었다. 떠나고 싶지 않은 이유는 집값이 비싸다는 동네 부심도 아니었고, 교통편이 좋아서도 아니었다. 그냥 익숙함 때문이었다. 방배동 곳곳에 자신들의 뿌리를 깊게 내렸고 서로가 얼키설키 섞였기 때문에 뿌리를 뽑는 건 힘든 일이었다. 나 또한 그랬다.

내가 처음 기억하는 우리 집은 60평대 마당 있는 단독 주택이었다. 1층에는 친할머니, 친할아버지가 살았고 2층에는 우리 가족이 살았다. 부모님은 집에서 1분 거리에서 '방배문방구'를 운영했다.

나는 문방구 앞 골목길에서 늘 아이들과 함께 게임을 하거나 문방구에서 가져온 장난감을 가지고 놀았다. 방배동 골목 이곳저곳을 친구들과 돌아다니다가도 문방구에 들러 엄마, 아빠가 뭘 하는지 한 번씩 들러서 살펴보고 지나가는 게 좋았다.

내가 방배동에서 뿌리를 내리는 동안 우리 부모님은 친할아버지, 친할머니와 갈등이 쌓여 가고 있었다. 그 갈

등은 내가 중학생 때 절정에 다다랐고 부모님은 급히 짐을 싸고 본가를 나왔다.

우리는 낡은 오피스텔 방 한 칸에서 새로 살림을 시작해야 했다. 4명의 가족이 방 한 칸에서 말이다. 중학생인 나는 내 공간이 없어지고 온 가족이 방 한 칸에 사는 게 싫고 익숙지 않았다. 엄마에게 성질이란 성질은 다 냈다. 엄마의 고생을 전혀 모른 채. 엄마는 그때부터 방배동에서 버티기 시작했다. 그 사이에 방배문방구는 문을 닫았고, 엄마는 기존에 하던 공부방에 더 집중했다. 엄마는 공부방을 운영하면서 우리 주거 공간을 원룸에서 반지하 투룸으로 그리고 학원 상가로 조금씩 점점 좋게 바꿔 나갔다. 내가 대학생이 될 때쯤 방 세 칸이 있는 작은 빌라로 이사를 하고 나서야 나도 작게나마 내 방을 가질 수 있었다.

엄마가 버티는 동안 나는 더더욱 방배동에 뿌리를 내려갔다. 친구들과 서문여고 골목에서 떡볶이를 먹고, 카페 골목에서 카페를 처음 가 보고, 첫 아르바이트도 카페 골목에서 했다. 심지어 첫 일자리도 방배동에 있는 회사에서 구했다.

나의 인생은 모두 방배동으로 범벅 돼 있었다. 엄마의 방패 아래서. 엄마는 서서히 방배동 집값의 한계에 부딪혔고 마침내 선언했다. 인천으로 이사를 하겠다고 말이다. 인천에 빌라를 샀는데 거기서 새로 시작하고 싶다고 했다.

　　나는 여전히 방배동에 남아 있고 싶었다. 이제는 부모님과 같이 살지 않아도 괜찮은 나이였다. 어린 시절부터 나만의 공간이 제대로 없었던 터라 혼자만의 공간을 가지고 싶기도 했다. 엄마는 방배동을 떠나기 싫어하는 내 마음도, 혼자 살고 싶어 하는 마음도 충분히 이해해 줬고, 그렇게 엄마와 함께 자취방을 구했다. 그러고 나서 엄마는 쿨하게 인천으로 떠났다.

부모님과 따로 사는 슬픔보다 혼자 산다는 설렘이 더 컸다.

혼자 사니 밤늦게 눈치 보지 않고 집에 들어갈 수 있었다. 집을 내 취향대로 마음껏 꾸밀 수 있어서 좋았다. 비록 낡은 골방이었지만. 집 구조는 특이했다. 현관문을 열고 들어서면 창고처럼 생긴 곳이 먼저 보이는데 거기에 주방이 있었다. 신발을 신고 설거지를 해야 하는 구조였다. 그리고 주방 우측에 작은 나무 문이 있는데 낡은 문고리를 잡고 열면 방이 나왔다. 아주 옛날 집에서 세를 받으려고 골방 하나를 만들어 놓은 구조였다.

처음에는 집 구조가 무슨 상관이랴, '혼자 살게 되었는데!' 하고 신경 쓰지 않았지만 불편함이 스멀스멀 올라왔다. 자유의 왕관은 무거웠다. 엄마란 방패가 사라졌기 때문에 집에 관한 자잘한 이슈는 내가 해결해야 했다. 집주인은 우리 집 바로 옆에 살고 있었고 무례하고 참견이 심했다. 무슨 일이 있으면 우리 집 현관문을 사정없이 쾅쾅쾅 두들겼다. 시도 때도 없이 쾅쾅쾅 두들겼기 때문에 나는 결국 화를 냈고 일이 있으면 전화하라고 했다.

세대 분리가 안 되어 있어 집주인하고 전기세를 나눠서 내야 한다는 것도 이사하고 나중에서야 알았다. 내가 들어오고 나서 전기세가 더 많이 나온다는 둥, 자기네 집은 에어컨을 안 켜서 아가씨가 전기세를 더 내야 한다는 둥 말이 많았다. 내가 가족들과 같이 살았으면 이런 대우를 받았을까 생각이 들었다. 나에게 함부로 대하는 태도가 20대 어린 여자애가 혼자 살아 그런 것 같아서 나는 집주인이 사사건건 내가 사는 집에 꼬투리를 잡을 때마다 목에 힘을 주고 맞서서 대응했다.

하지만 계속 맞서 싸우는 것도 지치기 시작했다. 그동안 난 엄마의 방패 안에서 편히 살았다는 걸 깨달았다. 비로소 엄마가 얼마나 힘들었는지를 조금씩 이해하게 되었다.

집주인도 문제였지만, 원룸이라 너무 답답했다. 모

든 짐이 방 한 칸에 있으니 그럴 수밖에 없었다. 집을 어영부영 대충 구하면 안 된다는 교훈을 얻고 나는 2년 만에 바로 다른 집을 알아보았다. 여전히 방배동을 떠나기 싫었다. 나도 엄마처럼 방배동에서 버티기 시작했다.

두 번째 집은 첫 번째 집처럼 실수를 저지르지 않으려고 사방팔방 알아봤다.

열심히 발품을 판 덕에 방배동 바로 옆 동네인 사당동에 있는 빌라를 구했다. 빌라는 오래되었지만 2층이었고 방이 2칸, 거실 겸 주방이 있는 집다운 집이었다. 집주인도 성격이 서글서글해 보여서 한시름 놓았다.

더욱 다행이었던 건 집주인이 내가 사는 동안 한 번도 월세를 올리지 않았다는 점이다. 그 덕택에 나는 8년 정도 비록 사당동이지만, 방배동 곁에 남아 있을 수 있었다. 그사이 고양이 두 마리 가족도 생겼다.

내가 방배동에서 버티고 있는 동안 친구들은 점차 방배동을 떠나고 있었다. 솟아오르는 집값, 결혼, 해외 이민……. 그렇게 한 명, 두 명 방배동에서 사라졌다.

나도 나이가 들면서 이제 동네보다 주거 공간에 좀 더 욕심이 나기 시작했다. 부동산 앱으로 다른 동네 집을 알아보기는 했지만 내가 가진 돈으로는 여전히 괜찮은 집에는 갈 수 없었다. 결국 최후의 보루였던 경기도 김포가 생각났다. 그렇게 고민하고 있을 때 집주인이 우리 집에 찾아왔다.

내가 살고 있는 집을 전반적으로 수리도 하고 도배도 새로 해서 월세를 10만 원 더 올려 받고 싶다며 나에게 이사 나가 줄 수 있냐고 물어봤다. 머리를 쾅 맞은 것 같았다. 지금 이 집에서 나가면 갈 곳이 없었다. 순간적으로 나는 머리를 팽팽 돌렸다. 집주인과 나에게 모두 좋은 대안을 찾아내야 했다.

그리고 바로 본능적으로 이렇게 내뱉었다.

"아저씨, 제가 경기도에 집이 있거든요. 거기를 전세 냈는데 아마 10월에 세입자가 나갈 거예요. 지금, 이 집을 수리 안 한 채로 월세 5만 원 더 올려 드릴게요. 몇 개월만 더 살고 나갈 테니 그 후에 집수리하고 월세 올려 받으면 안 될까요?"

순간 내뱉은 말이지만 내가 생각해도 괜찮은 제안이었다. 집주인은 알겠다며 그렇게 하자고 했다. 나도 이제 엄마처럼 경기도로 이사를 해야만 했다.

경기도로 가야만 하는 이유

경기도로 이사를 하기로 한 건 돈 문제도 있었지만 가장 큰 이유는 고양이들 때문이었다. 퇴근하고 돌아와서 우리 집 고양이들이 바닥에 놓여 있는 매트리스 위에 우두커니 앉아 있는 모습을 볼 때마다 마음이 쓰였다.

사람 한 명이 살기에는 괜찮았지만 고양이 두 마리가 뛰어놀기에는 좁은 공간이었다. 내가 처음 유부와 하루를 데려올 때만 해도 반려묘 문화가 지금처럼 대중화돼 있지 않을 때였다. 하지만 점차 유튜브에서도 고양이 관련 채널이 생겨나고 인기가 많아지면서 나도 고양이

채널을 즐겨 보게 되었다. 넓은 공간에서 잘 뛰어노는 고양이들을 보다가 우리 집 고양이를 보니 왠지 애처로워졌다. 괜히 나에게 와서 이렇게 협소한 공간에서 보내는구나 싶었다. 부모들이 TV 프로그램 〈슈퍼맨이 돌아왔다〉를 보고 '우리 집 애들은 저렇게 해 주지 못하는데.' 하는 현실적 박탈감이 생기는 게 이해가 갔다.

나도 우리 집 고양이들이 좀 더 행복해졌으면 했다. 캣타워도 만들어 주고 넓은 거실에서 뛰어놀게 해 주고 싶었다. 하지만 당시 내 상황에서 서울에서 거처를 또 옮긴다면 기존 집과 비슷한 환경에 놓일 수밖에 없을 것 같았다. 더구나 반려동물을 데리고 전세나 월세로 이사하는 것에 제약이 많다는 사실도 알고 있었다.

내가 선택할 수 있는 가장 최선의 것은 경기도 김포에 있는 아파트밖에 없었다. 나는 비록 방배동을 잃고 출퇴근 거리가 멀어져도 우리 집 고양이들이 좀 더 행복해진다면 기꺼이 희생할 수 있었다.

그다음 이유는 나도 낡은 집에 지쳐 있었다. 8년 동안 지내면서 집에 잔고장이 많았다. 화장실 전등은 습기 때문에 몇 개월에 한 번씩 전구가 나가기 일쑤였다. 집주인이 전등도 갈아 주고 몇 번 고쳐 봤지만 고쳐지지 않았다. 전등 갈아 내는 것에 지쳐 며칠은 그냥 어두운 화장실에서 핸드폰 플래시를 켜고 볼일을 본 적이 많았고, 두꺼비집이 나가 정전이 되는 경우도 있었다. 나중에 천장에서 물이 샐 때는 '아 정말 나가고 싶다.'는 생각뿐이었다.

'나는 언제쯤 좋은 집에서 살아 보나.' 하는 생각을 많이 했다. 어렸을 때 살았던 마당 딸린 단독 주택이 내 인생에 가장 좋았던 집이 아닐까? 집주인은 좋은 분이었지만, 성격이 워낙 검소해서 집수리를 할 때도 이리저리 어떻게든 돈을 안 들이고 고치려고 했다. 그래서 더 잘 해결이 안 되었는지도 모르겠다.

경기도로 이사를 하겠다고 마음을 먹으니 기존 집에서 지내고 싶지 않은 이유가 점점 커졌다. 새로운 집에 대한 갈망보다는 떠나고 싶은 마음뿐이었다. 지긋지긋했다.

그리고 동네가 평지였으면 하는 바람도 있었다. 2층에 방 2개인 집을 비싸지 않은 보증금으로 들어갈 수 있었던 이유 중 하나는 언덕길이 아니었을까 싶다. 이수역에서 남성시장으로 쭈욱 올라가는데 한참을 올라가고 또 언덕을 올라가고 또 가파른 언덕을 올라가야만 우리 집이 나왔다. 겨울에는 눈이 쌓이면 언덕을 내려갈 때 미끄러지기 쉬워서 신발에 아이젠을 끼고 출근해야 했다. 여름에는 땀 뻘뻘 흘리며 올라가야 했다. 그 당시 회사 가는 길도 언덕을 올라가야 했는데, 정말 내 인생에 왜 이렇게 평지가 없고 가파르기만 할까 싶을 정도로 언덕길이 많았다. 김포에 가면 평지로만 다닐 수 있지 않을까 하는 막연한 기대도 있었다.

그리고 마지막으로는 가족이었다. 부모님 집이 김포 아파트에서 그리 멀지 않은 곳에 있었다. 엄마가 기존 서울 집에 오려면 1시간 넘게 버스 타고 지하철을 타고 언덕을 올라야 했다. 처음에 혼자 살 때는 부모님보다는 친구가 좋아서 남았지만 나이가 들면서 친구들도 결국 가족의 품으로 가고 새로운 가족을 만드는 것을 보고 사실 좀 외로웠다. 결국 마지막에 남는 건 가족인 걸까? 방배동에서 나는 덧없는 인연을 붙잡고 살고 또 버티는 것은 아닐까란 생각이 들었다. 나도 가족의 품이 조금 그리워졌다. 같이 살고 싶은 건 아니었지만, 가까이에서는 지내고 싶었다. 엄마의 방패가 그리웠다.

본격적으로 김포에 대해 알아보기 시작했다. 철없을 때 집을 사 놓기만 했지, 김포를 잘 알지는 못했다. 부모님 차를 타고 김포 아파트 동네를 한 바퀴 돌았다. 동네 인프라에 큰 기대가 없었던 나는 스타벅스와 맥도날드가 있는 걸 보고 안심했다. 덤으로 내가 좋아하는 KFC 매장도 발견해서 기뻤다. 그리고 배달앱을 켜서 배달 음식점이 무엇이 있는지 살펴보았는데 서울에 있는 웬만한 프랜차이즈 가게들이 있는 걸 보고 '이 정도면 괜찮아.'라고 생각했다.

부모님과 동네를 둘러보고 며칠 지나지 않아 친한 언니랑 또 김포에 갔다. 이번에는 이탈리아 베네치아를 본떠 만들었다는 라베니체에 가 보았다. 동네에 공원이 있다는 사실에 기대하고 갔는데 라베니체 첫인상은 생각보다 별로였다.

빈 상가가 많았고, 사람도 별로 없었다. 맛집이라고 검색해서 가 본 곳은 맛도 그냥 그랬다. 당시 여름이었는데, 동네에 하루살이가 너무 많았다. 계속 하루살이 떼가 내 얼굴을 휘감아서 '퉤퉤.' 하며 손사래를 치다가, 불안감이 엄습했다. 경기도라서 서울보다 벌레가 많으리라 멋대로 예상한 것이었지만, '여름마다 벌레가 이렇게 많으면 어떡하지?'라는 생각에 사로잡혔다. 인터넷에 '김포하루살이'를 수도 없이 검색해 봤다. 다행히 별다른 기사는 나오지 않았다. 그래도 불안한 마음은 사라지지 않아

괜히 엄마에게 김포에 벌레가 많은 것 같다며 징징거렸
다. 엄마는 '김포에 그렇게 벌레가 많지 않던데.'라며 의아
해했다.

막상 김포로 이사를 가기로 결정하니 기대보다는 걱
정만 앞섰다. 이 동네 괜찮은 걸까? 동물병원은 괜찮은
곳이 있을까? 공원도 생각보다 작은 것 같고, 벌레가 많
으면 어쩌지? 이사 가면 방배동을 그리워하지 않을까?
불안함은 꼬리에 꼬리를 물었다.

걱정과 달리 난 이사한 후 방배동을 그리워하지 않
았다. 이사 와서 깨달은 건 새로운 동네를 몇 번 방문한 걸
로 그곳을 전부 파악할 수 없다는 점이다. 온전히 그 동네
에 머물고 천천히 들여다봐야 알 수 있는 것들이 많았다.

이 책에서 차차 경기도 김포의 매력에 대해 말하겠
지만, 사전 답사를 통해 내가 알아낸 정보는 1%에 지나지
않았다.

김포는 다양한 맛집도 많았다. 라베니체는 점점 활
기가 넘쳐 났고, 동네 주민들의 휴식처, 산책로이자 상가
가 되었으며, 밤에는 사람들이 북적북적했다. 지금은 김
포 핫플레이스로 여러 곳에서 많이 소개된다. 그리고 밤

에 보는 라베니체의 야경은 아주 아름답다. 하루살이는 내가 방문한 날에 유독 많았던 것뿐이었다. 경기도니까 서울에서 보지 못한 벌레를 종종 보기는 했지만, 다행히 집에 벌레가 많이 들어오지는 않았다. 관리실에서 자주 집을 소독해 줘서 오히려 서울 집보다 벌레가 없었다.

경기도에 살면서 단점보다는 장점을 많이 발견했다. 처음으로 사는 동네를 서울에서 경기도로 옮기는 것이라, 특히나 방배동과 주변에서만 지내다가 이사하는 것이라 걱정을 더 많이 했는지 모른다.

내 경험상 사전 답사는 대략적인 동네 분위기를 보기 위해 필요하지만 정말 분위기만 알 수 있다. 그 외에 동네 곳곳의 매력과 단점은 그곳에서 살아 봐야지만 알 수 있다. 그러니 사전 답사한 내용에 너무 실망할 필요는 없다.

자동차 처음 사 봐요

이사를 하면서 회사가 멀어져 차가 꼭 필요했다. 운전도 잘하지 못하고 차에 대해서 하나도 모르지만, 사야 할 때가 온 것이다. 나는 아무것도 모르는 상태로 일단 중고차를 알아보기 시작했다.

엄마는 내가 운전한다는 소식에 걱정이 많았다. 내가 차에 관해 얘기하면 한숨부터 내쉬었다. 나도 운전하는 게 겁이 났지만, 엄마가 저렇게 한숨을 쉬는 게 내심 짜증도 나고 반항심이 생겼다. 그래서 이렇게 말했다.

"엄마, 내가 운전한다는데 왜 그렇게 한숨을 쉬어?

내가 영원히 버스 타고 뚜벅이로 살았으면 좋겠어?"

그러자 엄마가 답했다.

"그래. 이것도 살면서 넘어야 할 산이지……."

엄마가 응원을 해 주면 좋겠는데 걱정만 하니까 차를 꼭 사야겠다는 투지가 올랐다.

"그럼, 중고차를 사지 마. 내가 돈을 보태 줄 테니 차라리 새 차를 사. 그래야 엄마 마음이 안심될 것 같아."

응원은 못 받았지만, 지원받게 되어 뾰로통한 내 마음이 조금씩 녹기 시작했다.

"아니야, 엄마. 뭐 하러 그래……. 근데 나한테 보태 줘도 괜찮아?"

사실 돈이 넉넉지 않아서 중고차를 알아봤지만, 차를 잘 알지 못하는 내가 중고차를 사는 게 어려운 일이라서 좀 난감해하고 있었다.

"응. 엄마가 돈 보태 줄게. 대신 새 차를 사."

괜히 엄마한테 화낸 게 후회됐다. 지원받는 게 미안하면서도 고마워서 '엄마 최고!'를 외치며 바로 새 차를 알아봤다.

새 차로 적당한 승용차를 알아보고 있었는데 주변

지인들은 당시 새로 출시된 차를 연비가 좋다며 추천해 주었다. 가격을 보고 나는 뜨악하면서 이렇게 비싼 차는 못 산다고 했다. 하지만 지인들은 김포에서 서울까지 출퇴근하려면 연비가 가장 중요하다고 강력하게 말했다. 나는 그 말에 설득당해 예상 비용보다 더 나갔지만, 고심 끝에 그 차를 사기로 했다.

부모님과 함께 차를 직접 보러 매장에 갔다. 매장에 온 김에 다른 차도 구경하고 이 차 저 차 시승도 해 보았다. 마치 드라마에서 나오는 한 장면처럼 설레고 들뜬 기분으로 깔깔 웃으며 내가 차를 산다는 사실을 실컷 만끽했다. 경기도로 이사하는 것도 운전해야 한다는 불안감도 그 시간만큼은 다 잊었다.

차를 계약하려고 딜러분을 만났다. 좀 이상했던 건 딜러분이 계속 아빠랑 이야기했다는 점이다. 아니, 차를 사는 건 나인데 왜 아빠랑 얘기하는 걸까? 여자라서 그런 걸까? 끝내 계약 서류도 아빠에게 줬다. 솔직한 마음으로는 계약을 뒤집고 싶었지만, 다른 데를 알아보기가 번거로워서 그냥 계약서를 내가 휙 아빠한테서 뺏고 말았다.

차를 계약하면서 나는 다양한 옵션들에 눈이 휘둥그

레졌다. 내가 어버버하고 있는 동안 딜러분과 아빠는 차 옵션에 관해 이야기를 나눴다. 아빠는 옵션을 많이 선택할 필요가 없다며 기본만 하라고 했다.

나는 회사 동료에게 주워들은 옵션만 요구했다. '엉뜨'와 핸들 열선은 꼭 넣어 달라고 요청했다. 사실, 이때만 해도 이게 꼭 필요한지는 몰랐지만 말이다. 딜러분은 '하이패스는 안 넣으시나요?'라고 물어봤는데 그때는 하이패스가 뭔지도 몰랐다. 아빠는 질문을 가로채고 하이패스는 굳이 필요 없다고 했다. 그때는 딜러분이 무언가 더 팔려고 그랬나 보다 하고 아빠 뜻을 따랐다. 하지만 딜러분이 '하이패스는 꼭 넣는 게 좋을 텐데……'라고 했던 말이 계약이 끝난 뒤에도 계속 마음에 걸렸다.

계약한 옵션이 찜찜해서 뒤늦게 유튜브와 블로그로 차에 대한 옵션과 내가 계약한 차에 대해 열심히 알아보기 시작했다. 이리저리 공부를 한 결과 아빠와 나는 성향이 다르다는 걸 알게 되었고 옵션을 더 추가했다. 차가 나오고 나서 타 본 결과 가장 잘 선택한 옵션은 '엉뜨'와 핸들 열선 그리고 하이패스였다.

차 출고가 늦어져 김포에 이사 온 뒤 일주일 후에 차

를 받을 수 있었다. 딜러분이 차를 가지고 회사에 왔다. 딜러분 손에 내 차 열쇠가 있는 걸 보고 신나서 넘겨 달라고 손을 내밀었지만, 딜러분은 나에게 열쇠를 넘겨줄 생각을 하지 않았다. 대신 내가 차를 잘 운전할 수 있을지 계속해서 걱정했다. 답답한 나머지 나는 결국 아빠한테서 계약서를 빼앗았던 것처럼 열쇠를 겨우 빼앗아 들고 딜러분을 얼른 보냈다. 그제야 회사 동료들과 차를 구경하면서 온전히 내가 차를 샀다는 사실을 즐길 수 있었다.

나에게 차가 생기다니, 이미 어른이었지만 진정한 어른이 된 기분이었다.

내 삶의 방식이 조금씩 바뀌어 가고 있었다.

현실과 함께한 집 꾸미기

드디어 나도 내 집을 마음껏 꾸밀 수 있게 되었다. 그동안 집 공간 꾸미기를 좋아했지만, 계속 월세로 살았기 때문에 많이 꾸밀 수는 없었다. 특히 도배는 늘 집주인의 취향대로 미리 발라져 있었다. 보통은 꽃무늬 벽지나 촌스러운 무늬가 있는 흰 벽지였다. 내 마음대로 도배를 제대로 해 본 적이 한 번도 없었다. 하지만 이번에는 자가이기 때문에 드디어 내 취향껏 도배를 할 기회가 왔다.

이것저것 인테리어 공사를 더 하고 싶었지만, 김포 아파트 세입자 보증금을 빼 줄 비용을 내기 위해 사당동에서 살던 보증금과 그간 회사 다니면서 모았던 돈, 기존 회사에서 받은 퇴직금을 탈탈 털어 냈기 때문에 돈이 별로 없어 도배와 입주 청소만 하기로 했다. 그리고 집을 꾸미는 건 좋아하지만, 이것저것 공사를 벌이기엔 내 간은 너무 콩알만 했다. 먼저 지인이 소개해 준 을지로 상가에 있는 한 도배 집에 갔다.

도배 책에 있는 표본 실크 벽지를 만지작거렸다. '나도 이제 실크 벽지를 도배하는구나!' 별거 아니었지만, 마음이 뭉클했다. 작은 샘플 조각으로 도배지로 결정해야 한다니, 우유부단한 나는 선택하기 어려워서 상담사분에게 계속 '이 도배지로 해도 너무 어둡지는 않겠죠?' 하고 연신 물어봤다. 상담사분은 쨍한 환함은 아니지만 따뜻하게 환할 거라고 나를 안심시켰다. 나는 큰 결심을 하고 '그러면 이걸로 도배해 주세요!'라고 외쳤다. 내가 선택한 도배지는 약간 미색이 도는 것이었다.

가구는 침대와 소파만 사기로 했다. 혼자 오래 산 짬밥으로 미리 가구를 다 준비해서 이사 갈 필요가 없다는 걸 알았다. 새집에서 충분히 살아 보면서 내 동선을 체크하고 무엇이 필요한지 그때그때 맞춰서 가구를 들이면 된다. 20대에는 취향이 아기자기하고 귀여웠지만, 30대가 되니 취향은 확연히 바뀌었다. 침대 프레임은 월넛색인 베이직한 디자인으로 구매했고, 소파는 이케아에서 베이지색 컬러로 오래 써도 질리지 않을 디자인으로 골랐다.

집 전체 컬러 콘셉트를 베이지와 월넛색으로 정하고 그에 맞게 소품들도 조금씩 구매했다. 30대의 취향으로 물건들을 구매하니 내 삶의 제2막을 여는 기분이었다.

그간 내가 살았던 집들이 주마등처럼 생각났다. 부모님과 함께 지냈던 단독 주택, 원룸, 반지하, 학원 상가, 빌라 그리고 혼자 살았던 주인집 옆에 붙은 골방, 낡은 빌라. 집다운 집에서 살아 본 적이 어린 시절밖에 없었다.

김포 아파트에 처음으로 짐을 조금 옮긴 날, 이날을 기억하고 싶어서 나는 주방 아일랜드 식탁에 걸터앉아 두 팔을 벌린 채 기념사진을 찍었다. 이 집에서 행복만이 가득하기를 빌었다.

이튿날 도배사들이 왔다. 기존에 있던 벽지를 박박 뜯어내고 거실 한가운데에 도배용 풀을 바르는 기계를 설치해 풀질을 척척 했다. 사실 난 고른 벽지가 막상 마음에 안 들면 어떡하지란 생각에 노심초사했다. 하지만 이미 벽지는 척척 내 집에 발라지고 있었다.

도배사들이 혹여나 일을 잘못하면 어쩌나 걱정도 많았다. 언제나 인력을 쓰는 건 어려운 일이다. 특히 여자 혼자서, 그것도 경험도 많지 않은 상태에서 거친 일을 하는 사람들에게 일을 하게 하는 것은 쉽지 않다. 엄마가 옆에 있어서 얼마나 다행이었는지 모른다.

입주 청소도 거금 40만 원을 주고 처음 맡겨 봤다. 그동안 이사 다닐 때마다 주로 엄마와 내가 쓸고 닦았다. 우리 가족 중에서 입주 청소를 맡긴 건 내가 처음이었다. 입주 청소를 맡아 주신 분들은 형광등을 분리해 하나하나 닦는 것은 물론 주방 서랍장도 다 분해해 깨끗이 닦아 주었다.

전문 입주 청소 과정을 보고 있으니, 저건 내가 못 할 일이었다는 생각이 들었다. 사용하는 장비부터가 달랐다. 전문 청소 기구를 들고 대리석 벽면까지 '위이잉' 하고 닦는 걸 보니 기분이 좋았다. 마치 구질구질했던 내 삶까지 반듯하게 정돈되는 듯했다.

이사가 이제 정말 코앞으로 다가왔다.

이사 가는 비용, 용달차 20만 원

　　돈을 아끼기보다는 돈을 쓰더라도 편하게 포장이사
하는 걸 선호했다. 하지만 그동안 가족이랑 같이 살 때도
포장이사를 해 본 적이 없었다. 예전에 다니던 작은 회사
에서 이사할 때도 직원들이 직접 포장하고 짐을 옮기면
서 고생했던 터라 나는 사당동으로 이사할 때 포장이사
를 했던 것처럼 이번에도 꼭 포장이사를 하고 싶었다. 비
용을 알아보니 대략 80~120만 원 정도 견적이 나왔다.
몇 년 전 포장이사 비용이 대략 30만 원 정도였는데, 그때
보다 비용이 많이 높게 나와 놀랐다.

그래도 지난날 이삿짐을 바리바리 싸고 옮기며 고생했던 것을 생각하며 포장이사로 마음을 굳혔는데 엄마가 포장이사 비용을 듣더니 이렇게 말했다.

"희정아, 그냥 엄마가 아는 용달차 업체에 맡겨. 거기는 20만 원이면 돼."

나는 손사래를 쳤다.

"싫어! 그러면 또 내가 다 포장해야 하잖아. 그냥 포장이사 할래."

"아니야. 아저씨가 포장도 해 줄 거야. 엄마도 도와줄게. 너 다 버리고 가서 짐도 별로 없잖아."

20만 원……. 거절하기에는 너무 유혹적인 금액이었다. 다시 생각해 보니 포장이사가 편하기는 하지만 짐을 업체 사람들 맘대로 정리를 해서 결국은 내가 직접 다시 정리해야 했던 기억이 났다. 그리고 거의 모든 가구는 버리고 가기 때문에 굳이 대형 트럭까지 부를 필요가 없겠다는 생각도 들었다.

결국 나는 또 지난날처럼 이사 전날 엄마와 함께 이삿짐을 바리바리 싸기 시작했다. 책부터 시작해서 책상 서랍 속 잡동사니, 그릇 등……. 왜 이렇게 자잘한 짐들이 많은지. 나는 짐을 싸다가 침대에 누웠다가 다시 짐을 싸다가를 반복했다. 그러는 동안 엄마는 한 번도 쉬지 않고 땀을 뻘뻘 흘리며 열심히 내 짐을 쌌다. 밤이 돼서야 간신히 짐을 얼추 다 쌀 수 있었고, 난 엄마한테 이제 그만 자자고 했다.

"너 먼저 자. 엄마는 이거 좀만 더 하고 잘게."

지칠 대로 지친 나는 벌러덩 침대에 누워 짐을 싸는 엄마를 가만히 바라보다가 말을 건넸다.

"엄마, 나는 엄마랑 학교 친구였으면, 엄마는 열심히 하는 학생, 나는 대충 하는 학생으로 분류가 되었을 거야. 그리고 친해지지 못했겠지."

엄마는 땀을 닦으며 웃었다.

"어. 엄마는 완벽하게 하는 게 좋아."

"내일 아저씨가 포장해 준다며 왜 이렇게까지 싸야 하는데?"

"내 딸 흉볼까 봐 그러지. 대충 해 놓았다고 욕하면 어떡해?"

이렇게 답하고 엄마는 또 짐을 쌌다. 엄마는 정말 손댈 곳 없이 짐을 완벽하게 싸고 마무리했다.

대망의 이사 날이 밝았다. 용달 업체 아저씨가 왔는데, 친구분도 함께였다. 용달 업체 아저씨는 키가 크고 마르고 수더분해 보였고 같이 온 아저씨는 덩치가 제법 있었다. 두 분이 오래된 친구라 둘이 말장난을 주고받으며 일하는 모습이 보기 좋았다. 짐을 옮기고 왔다 갔다 하는 동안 집주인도 마지막 인사를 하러 오셨다.

집이 낡은 터라 수리할 곳이 많았는데 집수리를 할 때마다 돈을 아껴 진행하는 바람에 제대로 수리되진 못했지만, 그래도 집주인은 꽤 괜찮은 분이었다. 그동안 감사했다고 잘 살다가 간다고 진심 어린 인사를 하며 악수했다. 집주인도 앞으로 잘 살아가라며 덕담을 해 주었다.

그렇게 모든 짐을 뺀 빈집을 한 바퀴 돌며 사진을 찍었다. 8년이나 방배동에서 버틸 수 있었던 건 이 집 덕분이었다.

이 집을 기억하고 싶어서 엄마에게 사진 좀 찍어 달라고 부탁했다. 12평의 작은 공간이었지만 나는 안방, 주방, 작은방 등 여기저기에서 집과 함께 사진을 찍었다. 엄마는 사진을 찍으며 이렇게 말하며 울먹울먹했다.

"아이고, 내가 왜 눈물이 다 나냐?"

한집에서 8년을 산 정은 무시하지 못했다. 미운 정 고운 정이 들어 버린 나의 작고 낡은 집. 유부와 하루를, 나를 잘 지켜 줘서 고마웠다고 사진을 찍으며 집과 마지막 인사를 나눴다.

나의 고향 방배동, 이제는 정말 안녕을 해야 했다. 엄마랑 나는 유부와 하루랑 함께 아빠 차를 타고 김포로 향했다. 차를 타고 언덕길을 내려가면서 '이 언덕길을 이제 안 올라도 되는구나.'란 생각이 들었다. 스쳐 지나가는 방배동 동네 풍경을 눈으로 한 번씩 더 꾹꾹 눌러 담았다.

'언덕길아, 안녕! 그래도 봄에 언덕을 올라가면서 벚꽃길을 걷는 게 좋았단다.

남성시장아, 안녕! 집에 올라가면서 떡볶이를 사 먹고 값싼 야채를 살 수 있어서 좋았어.

나의 인생을 담아 준 방배동아, 안녕! 내가 너를 떠날 줄은 몰랐어.'

나는 이곳을 그리워하게 될까?

그렇게 난 방배동에 미련을 조금 남겨 둔 채 경기도로 향했다.

2장

처음이에요. 경기도도, 아파트도

아파트에 처음 살아 봐요

이사 온 아파트가 예전 집보다 훨씬 넓어서 짐 정리
하느라 이곳저곳을 발발 돌아다니니 발바닥이 아팠다.
유부와 하루는 새집에 오고 나서 어안이 벙벙해져 옷방
에서 나오지 않았지만, 서서히 적응하며 조금씩 집을 탐
색했다.

첫날 밤에 자려고 침대에 누웠는데 공간도 공기도
어색했다. 그래도 아침에 일어나 보니 넓고 깨끗한 집, 커
다란 거실이 있다는 게 새삼 기분이 좋았다. 이 집이 내
집이라니. 주방에서 커피 한잔을 내려 호로록 마시며 창
문 밖 풍경을 보니까 제법 내 삶이 〈나 혼자 산다〉에 나오
는 연예인의 삶과 비슷하다고 생각했다.

아파트에서 처음 살아 보니 신기한 게 많았다. 엘리
베이터를 집에서 호출할 수 있는 것도 신기했고, 싱크대

선반 아래 버튼을 발로 누르면 싱크대 물이 안 나오는 것도 신기했다. 아파트가 지어진 지 8년 정도 되었지만, 그전 사람들이 집을 깨끗하게 써서 신축 같았다.

아파트에서 지내다 보니 좋았던 점이 여러 개 있었는데 그중 최고는 바로 안전이었다. 서울 낡은 빌라에서 살았을 때는 밤에 바람이 거칠게 불면 창문과 현관문이 덜컹거리기 일쑤였다. 그럴 때마다 나는 이불속에서 불안해했다. 누군가 우리 집에 들어오려고 하는 게 아닌지 하고 말이다. 고장 난 공동 현관문은 늘 열려 있었고 우리 집은 2층이었다. 쉽게 담을 타고 창문을 넘어올 수 있는 높이고 지나다니는 사람은 누구나 우리 집 현관문을 두드릴 수 있었다. 나는 불안해지면 자다 일어나 현관문과 창문이 잠겨 있는지 확인하고 다시 잠들곤 했다.

한번은 현관문 문고리에 검은 봉지가 걸려 있었다. 그 안에는 직접 키운 듯한 채소랑 과일이 들어 있었다. 주인집 아저씨가 과일가게를 하셔서 아저씨가 걸어 놓은 건가 하고 가볍게 생각했는데, 그 이튿날도 또 검은 봉지가 걸려 있었다. 이번에는 시중에서 팔지도 않을 싸구려 라면과 눈깔사탕이 들어 있었다. 섬뜩해져서 주인집에 다급하게 전화를 걸었다. 검은 봉지는 주인집 아저씨가 걸어 둔 게 아니라고 했다. 그 후로도 퇴근하고 오면 검은 봉지가 매일 걸려 있었다. 도대체 누가 걸어 놓는 것일까? 누구인지 몰라도, 알아도 무서울 것 같았다. 주인집에 자초지종을 설명하며 고장 난 공동 현관문을 고쳐 달라고 했지만, 집주인은 이렇게 말할 뿐이었다.

"에이, 누가 희정 씨를 좋아해서 뭘 갖다준 것 같은데?"

난 내가 느끼는 공포를 이해하지 못하는 집주인에게 화가 났다.

"아니, 일단 이 동네에 날 좋아할 사람이 없어요. 그리고 설사 좋아한다 해도 이런 식으로 사람 무섭게 하면 안 되죠. 공동 현관문 고쳐 주세요."

아저씨는 택배 기사분들 핑계를 대며 고치는 걸 차일피일 미뤘다. 고민 끝에 나는 현관문 앞에 '우리 집에 물건 놔두지 말아 주세요.'라는 메모를 붙였다. 그제서야 더는 검은 봉지가 문고리에 걸리지 않았다.

서울의 집은 마치 일회용 비닐우산 같았다. 비바람이 거칠게 불면 언제 우산이 젖혀질지, 구멍 날지 불안한 것처럼 서울의 우리 집도 그랬다. 하지만 아파트에 이사 오니 두 다리 뻗고 잠을 잘 수가 있었다. 더는 잠을 잘 때 현관문과 창문을 확인하지 않아도 되었다. 튼튼한 공동 현관문이 있었고 우리 집은 15층이었다. 우리 집 창문을 넘어올 수 있는 존재는 기껏 해 봐야 벌레뿐이었다.

그리고 아파트에는 집을 관리해 주는 직원들이 있어 좋았다. 내가 살던 서울 집은 잔고장이 많았다. 화장실 전등이 2~3개월마다 나가고, 어떤 때는 누전차단기가 고장 나거나, 보일러가 말썽을 부렸다. 그럴 때마다 주인집에 연락하고 아저씨가 바쁘면 고장 난 채로 불편하게 살아야 했다. 불편했지만, 월세에 살면 어쩔 수 없지 하고 넘어갔다. 그런데 아파트에 이사 와 보니 관리실에 말하면 바로 해결해 주었다. 이사 왔을 때 형광등을 갈았는데 얼마 지나지 않아 불이 들어오지 않았다. 관리실에서 이런 것도 해결해 주나 싶어서 전화해 봤다. 그랬더니 부품 하나가 고장 난 것 같다며, 부품비만 내면 직접 와서 수리해 준다고 했다. 관리실이 있는 아파트는 집수리를 스스로 잘 못하거나 귀찮아하는 사람에게는 제격인 듯했다.

서울에서는 집값이 비싸서 절대 살아 보지 못할 공

간을 경기도 쪽으로 나오니 가질 수 있었다.

늘 갈망했던 욕조, 소파를 놓을 수 있는 거실, 그리고 창문의 뷰. 특히 나는 우리 집 창문 뷰가 좋았다. 나는 늘 집을 볼 때 중요하게 보는 점이 창문의 뷰였다. 그건 한강이 보이느냐 산이 보이느냐는 문제가 아니었다. 하늘이 보이는지, 옆 건물과는 얼마나 떨어져 있는지가 중요했다. 서울에서 본 집들은 창문을 열면 옆집 사람과 눈이 마주쳐 인사를 해야 할 정도로 붙어 있는 집이 많았다. 언젠 한번 이사할 집을 알아보러 갔는데 방문했던 집 창문을 열어 보니 옆 건물과 바짝 붙어 있었고 하늘은 보이지 않았다. 중개사에게 '여기는 하늘이 보이지 않네요.'라고 볼멘소리하니 웃으면서 '왜 안 보여요. 저기 보이잖아요.' 하고 손가락으로 가리켰는데 건물들 틈 사이로 아주 좁다란 하늘이 보였다. 그 허탈감은 수년이 지나도 잊히지 않는다. 지금 내가 사는 아파트는 멋진 뷰를 가지고 있지는 않지만, 밤에 커튼을 열고 지내도 될 만큼 아파트 사이의 간격이 넓고 하늘도 잘 보인다. 작은 방 창문 뷰는 산이 보이고 지평선이 보일 만큼 뻥 뚫려 있어서 바라볼 때마다 만족스럽다.

여자 혼자 살기에는 빌라보다 아파트가 살기에 편한 듯하다. 더 안전하기도 하고 집 관리하는 것도 훨씬 편하고, 특히 여러 세대 속에 섞여서 사니까 익명성이 보장되는 점이 좋다. 한때는 마당 있는 단독 주택에서도 살고 싶었지만, 도둑이 들거나, 집이나 정원 등을 혼자 관리하기에는 험난하다는 이야기를 들어서 이젠 단독 주택은 꿈꾸지 않는다.

1) 욕조에 몸 담그기

이사 오고 얼마 지나지 않아 친구가 집에 놀러 왔다. 이사한 집을 휘리릭 보여 주고, 집에 필요한 물건을 사러 같이 쇼핑몰에 갔다. 나는 바로 바디용품 매장으로 갔다. 아파트에서 꼭 해 보고 싶은 버킷리스트 중 하나가 '욕조에 몸 담그기'였다. 정말 별거 아니지만, 난 욕조가 있는 집에서 살아 본 건 어렸을 때 빼고는 없었다. 일본 드라마나 애니메이션을 볼 때 퇴근 후 집에서 욕조에 몸을 담그는 장면을 보면서 언젠가 나도 저런 일상을 보내고 싶다는 생각을 항상 했다. 방배동에서 혼자 살 때 접이식 욕조를 살까 고민하다가 불편할 것 같아 결국 사지 않았다.

바디용품 매장에서 입욕제를 사는데 생각보다 가격이 비싸서 흠칫했지만, 이사 기념으로 여러 개를 마구 구매했다. 밤에 뜨거운 물을 욕조에 받고 입욕제를 풀었다. 물에 알록달록한 색이 펼쳐지더니 곧 하얀 거품이 올라왔다. 캔들을 한두 개 켜고, 준비한 아이스 아메리카노를 욕조 선반 위에 올려놓고 뜨끈뜨끈한 물에 몸을 담갔다. 생각보다 욕조에 물을 채우고 이것저것 준비하는 게 귀찮았지만, 뜨끈한 물에 몸을 지지니, 예전에 살던 춥고 낡은 화장실이 떠올랐다가 사르르 녹아 버렸다.

2) 소파에 누워서 TV 보기

예전 집에서는 침대 매트리스를 바닥에 두고 거기서 모든 생활을 다 했다. 매트리스는 소파도 되었고 침대도 되었고 의자가 되기도 했다. 안방이 거실이자 침실이었다. 안방에서 밥을 먹고, 매트리스에 누워서 TV를 보고, 그러다 잠이 들곤 했다. 나는 거실에서 TV를 보다가 졸리면 안방에 들어가 침대에 누워서 자는 생활을 꿈꿨다.

소파는 이미 이사 오기 전 몇 개월 전부터 정해 놨는

데, 꽤 많이 고민하고 골랐다. 평상시에는 3인용 소파가 되었다가 소파 아래를 끌어 올리면 침대가 되는 접이식 소파를 선택했다. 혼자 살면 3인용 소파로도 충분하지만, 고양이들도 같이 누울 공간이 필요해서 접이식 소파를 골랐다. 재질은 가죽을 고르고 싶었지만, 고양이들이 소파에 돌아다니면 발톱 자국이 많이 날 것 같아 패브릭 재질을 택했다. 하지만 내 예상과 달리 소파는 오자마자 고양이의 대형 스크래쳐로 변했다. 아쉽게도 패브릭은 고양이가 너무나 좋아하는 재질이었다. 난 새 물건을 사면 정말 소중히 다루는 편이지만 그건 말릴 수가 없었다. 그래, 그냥 긁어라, 나중에 몇 년 후에 또 사면 되지. 어쨌든 소파에 누워 고양이를 만지며 TV를 보는 일상을 이루었는데, 한 가지 아쉬운 점이 있었다. 시력이 별로 안 좋은데 TV가 너무 작았다. 지금도 TV를 바꾸지 못하고 있다. 8년 전에 산 42인치 TV를 쓰고 있는데 거실이 넓어지고 TV와 소파의 간격이 전보다 멀어서 TV가 잘 안 보였다. 아쉽기는 하지만, 그래도 소파에서 뒹굴뒹굴하다가 TV가 잘 안 보이면 거실 창문으로 하늘을 구경하는 것도 좋다.

3) 캣타워 설치하기

서울에서 살면서 유부, 하루를 보면 늘 짠했다. 침대 매트리스 위에 앉아 있거나 아니면 위험한데도 높은 책장 위, 냉장고 등에 계속 올라가 있었다. 고양이에게 수직 공간이 중요하다는 걸 알았지만, 도저히 캣타워를 놓을 공간이 없었다. 그렇다고 또 애매하게 작은 캣타워를 놓기도 싫었다.

경기도로 이사 오고 나서는 캣타워를 꼭 놓고 싶었다. 특히 예전 집에서 하루가 책장에서 한 번 떨어져서 송곳니를 다쳤던 터라 내내 마음에 남아 있었다.

이삿짐을 정리하고 나서 바로 거실 창가 쪽에 캣타워를 설치했다. 다행히 유부, 하루는 캣타워를 설치하자마자 잘 사용했다. 신기한 건 그 이후로 위험한 곳에 올라가지 않았다. 물론 아파트에 이사 오면서 아이들이 올라갈 만한 위험한 곳도 없어졌다. 캣타워를 거실에 1개, 베란다에 1개 설치하고 작은방에는 캣선반을 설치했다. 유부와 하루는 그날그날 기분에 따라 곳곳에 설치한 캣타워에서 잠을 잤다. 넓은 공간에서 뛸 수 있게 하고 수직 공간도 마련하고, 큰 화장실도 2개를 설치했다. 나도 이제 어느 정도 고양이가 잘 지낼 수 있는 환경을 만들어 줬다는 생각에 그간 미안했던 마음이 조금은 사라졌다.

생존을 위해 운전을 배우다

　차를 계약하고 나서 바로 운전 연수를 신청했다. 차를 산 기쁨은 잠시였고 불안이 몰려왔다. '운전……. 내가 할 수 있을까?' 면허는 2년 전에 따기는 했지만, 장롱면허로 묵혀 둔 채 운전을 제대로 해 본 적이 없으니 두려울 뿐이었다. '차 사고가 나면 어떡하지…….' 하고 계속 불안해했지만, 엄마 말처럼 넘어야 할 산이었다.

　나는 회사 근처 신사역 부근에서 운전 연수를 받기로 했다. 퇴근하고 운전 연수 받을 장소에 가 보니 나이가 꽤 지긋한 중년의 아저씨가 낡은 승용차를 가지고 나를 기다리고 있었다. 아저씨는 만나자마자 바로 자기가 직접 손으로 써서 코팅해서 만든 '운전할 때 주의점'을 보여 주었다. 너무 긴장한 나머지 아저씨 글이 눈에 안 들어왔다. 그걸 잠시 보여 주고는 나에게 이제 운전을 해 보라고 했다. 어쩐지 이 아저씨가 잘 못 가르칠 것 같다는 촉이 왔다.

"저……, 지금 액셀이랑 브레이크도 헷갈리는데 바로 운전을 하나요……? 이 복잡한 신사역에서요?"

아저씨는 자기가 옆에 있으니 괜찮다며 운전을 해 보라고 했다. 첫날에는 좌회전, 우회전을 알려 줬는데 자기만 아는 방식으로 알려 줬고, 나는 긴장을 너무 한 탓에 아저씨 말이 하나도 안 들어왔다. 그리고 신사역은 운전 연습하기에는 최악의 도로였다. 우왕좌왕하면서 첫 연수가 끝나고, 나는 아저씨에게 신사역에서만 운전을 배우

지 말고 김포에서 신사역까지 출퇴근하는 거리에서 운전 연수를 받고 싶다고 했다.

그다음 연수 시간에 아저씨는 바로 김포 아파트로 가 보자며 신사역에서 김포까지 운전하게 했다. 주로 직진 코스니까 운전 하는 데 크게 무리는 없었는데, 아저씨는 조수석에 앉아 한강을 보며 '야경이 참 예쁘네.' 하고 한강 감상만 하고 있으니 이게 제대로 배우는 게 맞나 아리송했다. 그러다 갑자기 차선 변경을 해 보자며 초보자인 나에게 무리하게 차선을 바꿔 보라고 계속 요구했다. 난 차선을 여러 번 바꾸다가 나중에는 너무 긴장한 탓에 아저씨한테 화를 냈다. 지금 운전하는 것만으로 벅차니까 조용히 해 달라고 했더니 아저씨도 지지 않고 나에게 뭐라고 했다. 그렇게 서로 땍땍거리다가 어찌어찌 김포 아파트 앞에 도착했다. 연수가 끝나자 우리는 정중하게 서로에게 사과했다.

연수 시간에 5번 정도 신사에서 김포를 왔다 갔다 했지만, 여전히 내 운전 실력은 크게 늘지 않았다. 마지막 날 겨우 주차를 한 번 배웠으니, 추가로 운전 연수를 더 해야 할 것 같았다.

아저씨한테 운전 연수를 배우는 동안 나는 이사를 했고 차도 나왔다. 새 차가 온 날에 아저씨와 함께 새 차를 운전해서 김포로 왔는데 그날이 마지막 수업이었다. 왠지 미운 정이 들기도 했고 다른 연수 선생님을 알아보는 게 번거로워서 아저씨한테 김포로 와서 운전을 더 가르쳐 줄 수 있냐고 물었는데 아저씨는 자기 실력이 맘에 들었나 보다 하고 의기양양하게 말했다.

"아, 김포로 와서 해 줄 수는 있는데 대신 강의비가 더 올라갑니다."

그 말을 듣고 바로 나는 이렇게 말하며 마무리했다.

"네. 그러면 아쉽네요. 오늘을 마지막으로 수업 마칠게요. 감사했어요."

미운 정이 있었지만, 굳이 돈을 더 드리면서 김포로 모셔서 할 정도로 아저씨에게 정이 많이 들지는 않았다.

경기도에서 운전 연수 선생님을 새로 만났는데, '그래, 이게 운전 연수지!' 하고 무릎을 '탁' 칠 정도로 잘 가르쳐 주는 선생님을 만났다. 선생님이 아는 부천 쪽 운전 연습 장소에 가서 좌회전, 우회전, 유턴도 실컷 연습해 보고 골목 이리저리 다 다녀 보았다. 이제야 운전을 제대로 배우는 느낌이었다.

　그렇게 경기도에서 만난 운전 연수 선생님 덕택에 나는 빠르게 운전 실력을 키울 수 있었고 드디어 내 차를 혼자서 타 볼 용기가 생겼다. 엄마 집에 점퍼를 두고 와서 그걸 핑계 삼아 엄마 집까지 혼자 운전을 도전해 봤다. 혼자 운전석에 앉아서 심호흡을 10번 하고 끼익 끼익 좌회전 우회전을 하면서 어찌저찌 엄마 집에 혼자 운전해서 처음 가 봤다. 엄마는 걱정을 한가득 가지고 있다가 나를 보고 안도의 한숨을 쉬며 점퍼를 내줬다.

　그렇게 한 번 혼자 운전한 덕택에 나는 용기를 가지고 아직 운전 연수가 끝나지 않았지만 차를 끌고 회사에 출근하기 시작했다. 4일 정도 출퇴근하는 동안 안전하게 운전해서 조금 자신감이 붙었는데, 5일째 되던 날, 회사 주차장 들어가는 입구에 차가 세워져 있어서 그걸 피해 가려고 하다가 결국 가만히 주차된 차를 살짝 박아 버렸다. 기어코 사고를 한 번 내고 말았다. 차 산 지 일주일 만에 범퍼를 바꾸고 며칠간 대중교통을 타야만 했다. 하지만 어쩌겠는가. 이것도 경험해 보고 지나가야지. 내 상황에서 경기도에서 생존하려면 운전을 꼭 해야만 하니 말이다.

멀어진 대중교통

경기도에 이사 오면서 서울까지 대중교통을 이용하기가 만만치 않다는 사실을 알고 왔으니 웬만해서는 대중교통을 이용하지 않으려 했다. 하지만 차 뽑은 지 일주일 만에 사고를 내서 결국 대중교통을 이용해야만 했다. 돈을 벌기 위해서는 기필코 회사에 가야 하니 말이다.

집에서 버스 정류장까지 10분을 걸어가야 했고 버스 배차 간격은 30~40분이었다. 배차 간격이 길어서 정류장 벤치에 앉아서 핸드폰을 보면서 버스를 기다렸다. 그런데 핸드폰을 보는 사이에 내가 타야 할 버스가 바로 '슝' 하고 지나가 버렸다.

나는 한숨을 쉬고 이번에는 핸드폰을 안 보고 정류장에 서서 버스를 기다렸다. 30분쯤 지났을까? 버스 오는 걸 보고 이제 탈 수 있겠다 생각하고 가만히 서 있었는데 버스가 또 '슝' 하고 지나가 버렸다. 어안이 벙벙한 나는 '뭐지?' 하고 주변을 둘러봤는데 그제야 정류장 바닥에 버스 번호가 적혀 있는 걸 보았다. 나는 잘못된 위치에 서 있어서 버스를 또 놓쳤다. 30분을 더 기다려야 하는 게 화가 나서 그냥 택시를 불렀다. 신사역까지 택시비는 5만 원이 나왔다.

서울 시내와는 달리 김포는 마을버스가 구석구석까지 다니지는 않는다. 대신 주차장이 어디든 잘 갖춰져 있

는 편이다. 카페든 마트든 영화관이든 음식점이든 주차장이 편하게 구비된 점이 서울과는 다른 점이다. 동네에서도 차가 없으면 생활이 불편할 만큼 상가들이 널찍하게 듬성듬성 있다. 정말 처절하게 운전을 배워 둔 게 잘한 일이라고 지금도 생각한다.

분명 김포는 서울과 비교하면 교통이 불편하다. 하지만 다행히 나는 상황이 잘 맞았다. 일단은 교통이 불편한 걸 미리 알았기 때문에 부랴부랴 운전을 배웠고, 회사는 출퇴근 시간이 자유로웠다. 지각이 없었기 때문에 차가 좀 덜 막히는 시간에 출근할 수 있었다. 그리고 나는 출퇴근 시간이 짧은 것을 선호하기보다는 멀더라도 나의 쾌적한 주거 공간을 더 중요시했다. 그런 여러 상황이 나에게 맞았기 때문에 교통이 불편한 점에 크게 스트레스를 받지 않았다. 하지만 나와 다르게 출퇴근 시간이 중요하고, 차를 운전하지 못한다면 서울로 출퇴근하는 경기도민의 생활은 좀 불편할 수도 있으리라 생각한다.

나는 서울이란 복잡한 세상 속에서 돈을 벌고 집 동네로 돌아오면 나만의 고요한 세계로 돌아온 느낌이어서 오히려 회사와 집이 거리가 있는 게 좋다. 자기 합리화

라고 생각할 수도 있지만, 정말 그렇게 생각한다. 퇴근 후
집에 돌아와 유부와 하루가 넓은 거실에 앉아 있는 모습
을 마주하면 자연스레 미소가 지어진다.

커튼이 이렇게 비쌌나요?

"집에 커튼만 있으면 딱 완벽하겠다."

집 살 때 현금 서비스로 돈을 빌려준 친구가 우리 집에서 하룻밤을 자고 아침 햇살에 잠이 깨서 눈을 가리며 한 말이었다. 맞다. 사실 커튼을 어떻게 사야 할지 몰라서 이사 오고 한 달이 넘었는데도 커튼을 달지 않고 있었다.

친구 말에 슬슬 커튼 사는 걸 고민하고 있을 때쯤 아는 언니가 커튼 브랜드를 추천해 주었다. 워낙 인테리어에 관심이 많은 언니의 추천이라 바로 알아봤는데 쇼룸을 운영하길래 예약하고 방문하기로 했다. 인터넷에서 봤을 때는 가격이 대략 10~20만 원 정도여서 '생각보다 저렴하네?'라는 생각으로 부담 없이 쇼룸을 방문했다.

합정역 근처 가정집에 쇼룸을 만들어 놨는데, 들어가자마자 하얀 벽에 색감이 예쁜 커튼들이 화려하게 곳곳에 달려 있었다. 쇼룸 전체가 감각적으로 꾸며져 있었고 고풍스러운 재즈 음악이 흘러나왔다. 사장님은 날 반갑게 맞이해 주었고 내가 고른 커튼이 설치된 곳으로 나를 안내했다. 베이지색 커튼이었는데 햇살을 머금고 찰랑거리는 모습이 무척 마음에 들었다.

하지만 커튼을 처음 사 보는 나는 어리바리했다. 집에서 열심히 재 온 창문 크기를 가지고 상담했다. 사장님은 우리 집 창문 크기를 보고 계산기를 이리저리 탁탁 치더니 말했다.

"그래도 주름이 많이 접히는 쪽이 예쁘니까 마를 좀 넉넉하게 할게요."

"네. 그렇게 해 주세요."

나는 손가락을 까딱까딱하며 기다렸다. 실물을 보니 대충 30~40만 원 정도 나오지 않을까 싶었다. 사장님이 계산기를 나에게 보여 준 순간 나는 화들짝 놀랐다. 견적이 130만 원 정도였다. 나는 눈이 동그래졌다.

"네? 이렇게 비싸요?"

그때 갑자기 여기를 소개해 준 언니가 생각났다. '맞아. 언니가 고급진 데를 좋아하는 편이었지……' 나는 '아뿔싸' 했다.

알고 보니 나는 커튼이 통으로 한쪽당 10만 원 정도일 줄 알았는데 한 마당 10만 원이 조금 넘었고, 우리 집 창문 크기를 볼 때, 대략 한쪽에 4~5마 정도가 들어가는 거였다. 당황하는 나를 사장님이 지긋이 바라보았다.

"그럼, 한 폭씩 줄일까요?"

"네. 생각보다 견적이 많이 나와서 조금씩 줄여 봐 주시겠어요?"

사실 커튼에 이렇게 큰 금액을 투자할 생각이 전혀 없었기 때문에 사고 싶은 마음이 확 쪼그라들었다. 하지만 나를 위해 커튼을 미리 설치해 놓은 사장님께 미안했다.

원래 커튼을 안방, 거실, 작은방에 설치하려 했는데, 안방과 거실에만 설치하기로 하고, 이중 레일 커튼 설치를 단일 커튼 설치로 바꾸고, 커튼 폭을 줄이고, 이리저리 해서 대략 견적을 70만 원으로 줄였다. 이것도 사실 큰 금액이었지만 커튼 질이 워낙 좋아 보여서 나는 눈을 질끈 감고 할부 3개월로 결제했다.

그 후 얼마 지나지 않아 70만 원짜리 커튼이 우리 집에 달렸다. 햇빛을 가릴 수 있어서 좋았고 커튼으로 집의 분위기가 한결 더 부드러워져서 기분이 좋기는 했다. 색감이 참 예뻤다. 다만 커튼을 보면 70만 원이 계속 떠올라 그게 흠이라면 흠이지만……

"김포에서 왔어요" 했을 때
서울 사람들의 반응

　김포로 이사 오고 나서 일주일 만에 서울에 뜨개질 원데이 클래스를 들으러 갔다. 클래스 장소가 홍대 쪽에 있었는데 아직 익숙지 않았지만 열심히 운전해서 찾아갔다. 뜨개질하면서 같이 수업 듣는 수강생들과 선생님과 조곤조곤 수다를 떨기 시작했다.

　"희정 님은 어디서 오셨어요?"

　"아, 김포에서 왔어요."

　"네? 김포에서요?"

　선생님과 수강생들이 화들짝 놀랐다.

　"아니, 그 먼 곳에서 여기를 어떻게……."

　나도 김포에서 왔다고 말하는 내가 낯설었다. 불과 몇 주 전만 해도 방배동에서 살았으니 말이다. 놀라는 반응들에 '사람들에게 김포가 되게 멀게 느껴지는구나…….'라는 생각이 들어 시무룩해졌다. 집에서 홍대까지 1시간도 안 걸렸는데. 생각보다 그리 멀지 않다고 말하고 싶었지만, 더 구차해질까 봐 말을 삼갔다.

그 이후로도 친구를 만나러 서울에 가거나 어떠한 모임에 가서 내가 김포에서 왔다고 하면 다들 같은 반응이었다. '김포에서 어떻게 여기까지 오셨지?' 하고 놀라고 걱정스러운 눈빛들……. '김포공항이 가깝겠네요.'라는 말도 함께했다. 나는 '김포공항은 강서구에 있고요. 김포는 경기도 김포에 있는 거예요.'라고 속으로 말했다. 제대로 알지 못하는 게 서운했지만 돌이켜 생각해 보면 나도 서울에 살 때 그랬다. 광주, 용인, 어딘가 내가 모르는 곳에서 왔다고 하면 '그렇게 먼 데서 어떻게 왔지?'라며 나도 똑같은 반응을 보였다. 내가 막상 그 입장이 돼 보니 '가뜩이나 멀리서 사는데 왜 이렇게 나를 더 멀리 보낼까.' 하는 소외감을 느끼기에 충분했다.

회사 사람들도 내게 어디에 사는지 물어볼 때가 종종 있었는데 내가 김포에서 산다고 하면 '헉' 입을 다물지 못하는 반응과 함께 '진짜 힘드시겠네요.'라는 말을 하면 그 말에 왠지 맥이 빠지고 힘들었다.

사람들이 잘 모르는 동네에 산다는 것 자체로 괜한 위축감이 든다는 사실을 이사 오고 나서 알았다. '방배동에 살아요.' 할 때는 서울 사람들은 다 아는 동네라 따로 부연 설명을 안 해도 되었지만, 경기도 김포에 산다고 하면 사람들이 생소한 우리 동네를 몰라서 짧게나마 동네에 대해 설명해야 했다.

　　남들이 다 아는 동네에 살지 못하는 게 쑥스러웠다. 내가 가난해서 경기도로 이사한 것으로 보일까 싶기도 했다. 그러고 보니 나도 방배동에 산다는 자부심이 알게 모르게 있었나 보다.

　　나는 익숙해져서 김포와 서울을 오가는 게 그렇게 멀게 안 느껴지는데, 서울 사람들은 내가 별로 안 멀다고 해도 전혀 믿지를 않는다. 실제로 경기도민이 되니까 30분은 정말 가까운 거리이고 1시간이면 갈 만한 거리, 1시간 반 정도 걸리면 거리가 좀 있다고 느낀다. 아침 시간에 차가 막힐 때는 더 걸리지만 저녁에 신사에서든 강남에서든 40분이면 집에 도착한다. 나중에 멀리서 오는 사람을 만나면 '그렇게 멀리서 왔어요?'라고 물어보지 말아야 겠다고 다짐해 본다.

경기도에 혼자 삽니다

설렘은 잠시, 외로움이 몰려온다

새로운 집도, 차 운전하는 것도 제법 익숙해졌다. 집 정리도 얼추 끝이 났다. 나름 큰 이벤트를 마치고 나는 일상에 다시 돌아왔다. 설렘은 사라지고 원래 있던 외로움이 다시 자리를 채웠다. '맞다. 나는 우울증이 있는 사람이 이었지.' 다시금 깨달았다.

이사를 하고 첫 번째 겨울을 맞이했을 때 크리스마스를 어찌 보내야 할까 고민이 되었다. 올해는 혼자 안 보낼 줄 알았는데, 결국 또 혼자 보내는 크리스마스가 싫었다. 우울해 있는 나를 본 한 친구가 크리스마스 날 자기 집에서 파티를 여는데 놀러 오라고 했다. 친구는 내가 모르는 친구들이 모이지만 다들 착하고 사교적이어서 불편하지 않을 거라고 했다. 평상시 같으면 낯선 사람들이 있는 모임에 가지 않겠지만 이번에는 어떻게든 크리스마스를 혼자 보내고 싶지 않았다. 외로움을 채워 줄 무언가가 필요했다. 랜덤으로 서로 선물을 주고받는다며 2만 원 미만짜리의 선물만 준비해 오라고 했다. 나는 바디 비누를 사서 포장하고 차를 타고 친구 집으로 향했다. 연남동에 위치한 옛날 후미진 골목 안쪽에 있어서 차로 들어가기 힘들었다. 친구 집에는 주차할 자리가 없다고 해서 근처에 있는 옛날 건물 지하에 차를 겨우 주차하고 어색하게 친구 집에 들어섰다.

나를 초대한 친구와 한 명만 아는 사람이었고, 나머지는 다 낯선 사람들이었다. 다들 친절하고 재밌었지만, 어딘가 내가 끼지 못하는 공기가 감싸는 듯했다. 서로 선물을 주고받는 시간에 그들끼리 아는 취향의 선물들이 오고 갔고 내 선물은 뭔가 그들과 동떨어진 선물 같았다. 지금 내가 김포에 동떨어져 있는 것처럼 말이다.

어설픈 농담 한두 마디를 던지고 나는 그저 미소만 지으며 피자만 깨작깨작하고 있었다. 친구가 따뜻한 뱅쇼를 만들어서 나눠 줬는데 나만 차를 가지고 와서 뱅쇼를 마시지 못했다. 다들 술 한잔하면서 분위기가 무르익어 가고 있었는데 나는 그 분위기에 취하지 못한 채 마시

지 못하는 따듯한 뱅쇼가 채워진
잔을 꼭 쥐고 있었다.

　　사람들과 함께해도 외로
운 건 마찬가지라는 것을 느
끼고 나는 일찍 자리에서 일
어섰다. 내가 일어나자 친
구는 내가 못 마신 뱅쇼를
텀블러에 담아 주었다.
텀블러를 들고 일어날 때 사
람들이 쳐다보는 시선에 피해의식을 느껴서 '저 사람들
은 나를 뭐라고 생각할까? 외로움에 못 이겨 어쩌지 못
하고 억지로 나온 사람으로 보지는 않을까?' 하는 생각이
자꾸 들었다.

　　나는 다시 주황 가로등이 밝혀진 좁은 골목길을 지
나 건물 지하 주차장에 들어갔다. 차를 빼는데, 나가는 길
이 너무 경사진 곳이라서 차가 잘 올라가지 못했다. 내가
운전이 미숙해서인지 올라가지 못하고 계속 '끼이이익'
소리만 냈다. 결국 건물 관리인 아저씨가 달려와서 내가
운전하는 것을 봐 줬다. 크리스마스 날 처음 본 관리인 아

저씨와 둘이 차를 가지고 씨름하는 내 모습조차도 애처
롭게 느껴졌다. 어렵사리 겨우 차를 빼고 나는 집을 향해
운전했다.

사실 당시 나는 이별을 한 지 별로 안 되어 마음이 온
전치 못할 때였다. 계속 혼자가 되고 싶지 않아서 인간관
계에 집착했다. 놓고 싶지 않아서, 멀어지고 싶지 않아서.
그런 와중에 나는 경기도로 이사를 왔고 가장 친하고 의
지했던 친구는 지방으로 이사를 했다. 어쩔 수 없다는 걸
알았지만 혼자로 남아 버린 게 너무나도 불안하고 쓸쓸
했다.

특히 연말인 12월이라 더욱이 그랬다. 사람과 사람
들이 많이 만나는 12월, 나는 매년 12월이 참 쓸쓸한 달
이다. 사람들은 송년회나 연말파티 등으로 삼삼오오 모
여 연말을 시끌시끌하게 보내는 12월에 나는 늘 화려한
도심 거리를 쓸쓸히 걷고 퇴근해서 집에서 조용히 연말
시상식을 TV로 보면서 지냈다. 늘 같은 일상을 보내고 있
었지만 12월은 연말로 화려하게 장식되어 있는 조명 같
아서 유독 내 일상이 그늘져 보였다.

그런 12월에 처음으로 서울에서 떨어져 나와 아무도

아는 사람 없는 김포 아파트에 있으니 더 외로웠다. 나는
김포에서 뭘 하고 있는 걸까?

나는 이대로 혼자 살아도 괜찮은 걸까?

우울한 마음을 가진 채 연말이 지나고 2019년 새해가 밝았다. 나는 서른다섯 살이 되었다. 사실, 지금 글을 쓰면서 그해 내가 어떻게 지냈는지 잘 기억나지 않는다. 다만 심각하게 우울함에 빠져 있었고 불안에 휩싸여 몸부림쳤던 것만 기억이 난다.

당시에는 '이대로 나는 혼자 외로운 삶을 살게 되는 걸까?'라는 고민이 가장 컸다. 그때만 해도 여자 나이가 서른다섯 살이 지나면 결혼하기 힘든 나이라고 생각했기 때문에 서른다섯 살이 나의 결혼 나이 마지노선이었다. 불안감은 점점 커져 많은 생각이 몰려왔다. '나는 정말 결혼하고 싶은 걸까? 아니면 그냥 외로움을 채우고 싶은 걸까? 누군가와 평생 잘 지낼 수는 있을까?'

하필 이럴 때 회사가 있는 서울에서 경기도로 혼자

튕겨져 나와 있으니 더 고립된 것만 같았다. 우스갯소리로 연애해도 김포에 사니까 만나는 남자가 '바래다줄게요.'라는 말은 함부로 못 하겠다 싶었다. 서로가 바래다주겠다는 알콩달콩한 소리도 못 할 만큼 우리 집은 서울에서 너무 먼 곳에 있었다. 이미 모임에 나가도 운전 때문에 술도 마시지 못하고 음료수나 홀짝거려야 했고 어색하게 있다가 일찍 모임 자리를 나서야 했다.

'그래. 희정 씨는 집이 머니까……."라며 다들 이해하는 척 날 붙잡지 않는 것도 왠지 서운했다. 서울에서 멀어지니 인간관계도 같이 멀어진 것만 같았다.

그런 불완전한 감정을 주체하지 못 하고 서울에서 집으로 돌아가는 차 안에서 나는 흐느낀 적이 많았다. 혼자 있는 차 안에서 울고 소리 지르며 아무도 모르게 포효했다. 때로는 불안한 마음을 떨치려고 퇴근하는 길에 강화도 동막해수욕장에 간 날도 있었다. 불안한 마음을 바다에 흘려보내려고 갔지만, 질척질척한 갯벌만이 내 눈앞에 펼쳐졌다. 내 마음을 흘려보내기에는 갯벌이 뭉텅뭉텅해서 갯벌 속에 그대로 남아 있을 것 같았다. 그래도 어쩔 수 없이 멍하니 앉아 갯벌을 바라봤다.

약해진 마음을 이겨 내기 위해 여러 가지 시도도 해 보았다. 낯선 만남이 싫어 항상 거절했던 소개팅 자리도 나가 보고 동네에서 친구라도 사귀어 볼까 하는 마음에 핸드폰으로 지역 소모임도 검색해 보곤 했다. 안 하던 짓을 하려고 하니까 그런 내가 더욱 싫어졌고, 만남은 어색했고, 마음을 다하지 않으니 가볍게 연이 끝났다. 잡고 싶었던 인연들은, 바람을 내 손으로 잡을 수 없는 것처럼 날아가 버렸다. 약해진 내 마음속에 들쑥날쑥 들락거리는 인연이 쓰라렸다.

서른다섯 살의 나는 동네를 나가 보지도 않았다. 나의 마음은 서울에 있는 인간관계 속에만 갇혀 있었다. 나는 1년 내내 회사와 집만 왔다 갔다 했고, 집에서는 거의 누워만 있었다.

주방에서 요리하는 일도 없었고, 작은방은 이삿짐이 덜 정리된 채로 남아 있었으며, 잘 꾸며 놓은 안방에서 자지 않고 소파에서 멍하니 TV만을 바라보다가 그대로 잠이 들었다. 나는 집에서 멈춰 있었다.

내일이 오는 게 싫었다. 그동안 억눌러 왔던 우울감이 터져 서른다섯 살의 날 다 헤집어 놓았다. 자기 전에 집 안 모든 불을 꺼 놓고 암막 커튼으로 조금이라도 들어오려는 빛조차도 차단했다. 빛 하나 들어오지 않는 어둠 속에 조용히 나를 숨겼다. 언제나 그 어둠을 마주하며 어둠 속에서 내가 없어졌으면 좋겠다고 생각했다.

밝아 오는 아침을 경멸했다. 절망 속에서 내가 생각한 결혼 나이 마지노선 서른다섯 살을 넘기고 말았다. 나는 이대로 혼자 살아도 괜찮은 걸까?

3장

고립이 주는 치유

재택근무, 혼자만의 온전한 시간

서른여섯 살 되던 해, 코로나19가 심각해지면서 회사는 재택근무를 시작했다. 사무실에서 일하다 그 소식을 듣고 나는 옅은 미소를 지었다. 마음이 아주 힘들었던 시기라 회사에 겨우 나오고 있었기 때문에 마음을 추스를 혼자만의 시간이 절실했다.

주말에 작은방을 오랜만에 들어갔다. 정리되지 않은 잡동사니와 회사에서 가지고 온 비싼 책상만 덜렁 있었다. 나는 재택근무를 하기 위해 방 먼지를 털고, 잡동사니 짐을 정리하고 책상을 닦고 어설프게나마 작업 공간을 꾸몄다.

정리하는 내내 오랜만에 웃음이 실룩샐룩 삐져나왔다. 재택근무를 하면 억지로 웃으면서 밝은 척하지 않아도 되고, 사람들과 쓸데없는 잡담을 하지 않아도 되었다.

내 존재를 세상 밖에 드러내지 않아도 된다는 생각만으로 기분이 좋아졌다. 그동안 내 감정과 상관없이 기계처럼 회사에 출근해야 하는 게 괴로웠다. 죽고 싶은 날에도 출근해야 했고, 인간관계에 지쳐 울며 잠든 날에도 눈을 뜨면 회사에 가야 했다. 그것을 당분간 안 해도 된다니, 막혀 있던 숨통이 조금 트였다.

재택근무 첫날, 머리도 감지 않고, 좋아하는 커피를 내리고 향긋한 커피 향을 음미하며 잠옷 바람에 모니터 앞에 앉아 일을 했다. 마음에 안정이 조금 찾아왔다. 관계에 몹시 지쳐 있었던 터라 사람을 안 보는 것만으로도 나의 우울증이 반은 날아간 기분이었다. 일하다 힘들면 고양이에게 달려가 마음껏 배를 주물럭거리고 책상 위에 누워 있는 고양이 발바닥을 만지작거리면서 위안을 받을 수 있었다. 회사에서는 힘들어도 도망갈 구석도, 위안받을 뭔가도 없었는데…….

코로나19로 인해 모든 사람이 집 밖에 나가기 위험한 시간이었다. 나 또한 집에만 있었다. 이렇게 무료하게 집에 있어 보는 게 얼마 만인지! 나는 그 무료함이 좋았다. 출퇴근 시간이 없어지며 여유 시간이 늘어나자 쓸데

없는 짓을 하고 싶어졌다. 전에는 늘 시간에 쫓겨서 해야할 일만 겨우 했는데 재택근무를 하니 남아도는 게 시간이었다.

일단 대왕 달고나를 만들어 보고 싶었다. 유튜브에서 찾은 레시피대로 휘휘 저어 대왕 달고나를 몇 개 만들었는데 성공적이었다. 마침 이튿날은 회사에 가는 날이라 달고나를 몇 개 싸 들고 갔는데 생각보다 많은 사람이 좋아했다. 요리라고 하기엔 멋쩍지만 참 오랜만에 누군가가 내 요리를 맛있게 먹어 줬다. 집에 와서도 사람들이 즐겁게 먹는 모습이 눈에 아른거렸다.

어렸을 때 홈베이킹을 즐겁게 했던 게 떠올랐다. 이 기회에 홈베이킹을 다시 해 볼까 싶어 엄마 집에서 전기 거품기를 가져왔다. 중학생 때 동대문 방산시장에서 산 것을 10여 년 만에 마주했다. 여전히 거품기가 쌩쌩 잘 돌아가는 걸 보니 웃음이 났다. 주방에 묵혀 있던 오븐도 이제야 빛을 발했다. 초코케이크를 만들고, 슈크림도 만들고, 다양한 빵과 케이크를 구웠다. 베이킹 도구도 새로 잔뜩 사 버렸다. 주방 선반이 휑했는데 어느새 베이킹 도구로 복작복작해졌다.

돈이 좀 들긴 하지만 즐겁게 할 수 있는 취미를 가져 본 게 얼마 만이던가. 작은방에서 회사 일을 하고 주방에서는 베이킹을 하며 잠은 거실 소파에서 벗어나 안방에서 잤다. 재택근무 이후 집을 제대로 활용할 수 있게 되었다. 집도 나도 비로소 조금씩 생기가 도는 듯했다.

배달 음식과 햇반에 질려서 집밥도 해 먹기 시작했다. 마음에 여유가 생기니 갓 지은 따뜻한 밥을 먹고 싶었다. 그동안 시간 여유가 없어 요리를 안 했을 뿐이지 못하는 편은 아니었다. 간단한 한정식을 차려 먹기도 하고, 한 번쯤 해 보고 싶었던 새우장과 연어장도 담가 봤다. 문득 요리하면서 언제 이런 날이 다시 올까 싶어 인스타그램에 요리 계정을 만들어 그간 만든 집밥을 사진과 글로 남겼다.

식탁에 밥을 정갈하게 차려 놓고 창문 밖 풍경을 구경하며 밥을 먹었다. 거실로 들어오는 따듯한 햇살이 좋았다. 예전에는 아침에 햇살이 가득한 집이 싫었는데, 혼자만의 시간을 온전히 즐기니 잠을 깨우는 햇살마저 밉지 않았다. 내가 요리 말고 또 뭘 잘하고 좋아했더라? 혼자서 재밌게 지내는 방법을 조금씩 더 찾아가기 시작했다.

집에만 있다 보니 슬슬 좀이 쑤시기 시작했다. 친구도 못 만나고 집에만 혼자 있으니 마치 자가격리 중인 기분이 들었다. 탈출하고 싶었다. 순간 '카페에 가서 일을 해 볼까?'라는 생각이 들었다.

김포에 처음 이사를 왔을 때 동네에 대해 아쉬운 점이 있었는데 그건 집 앞에 갈 만한 카페가 없다는 점이었다. 트레이닝복 차림으로 슬리퍼를 신고 휘적휘적 걸으며 갈 수 있는 카페가 집 앞에 있었으면 했는데 마땅한 곳이 없었다.

  그러던 어느 날, 문득 '500평 규모의 대형 베이커리 카페 오픈'이라고 적힌 현수막을 본 게 기억났다. '그 카페에 가 볼까?' 인터넷 서치를 해 보니 한두 달 전에 오픈을 한 모양이었다. 위치를 보니 바로 우리 집 앞이었다. 집 앞에 카페가 생겼는데 몰랐다니! 나는 신나서 노트북을 얼싸매고 카페로 향했다. 집에서 카페 입구까지는 10분 정도 걸렸는데, 카페 입구에서 매장 안까지 또 5~7분 걸어야 했다. 이게 집에서 가까운 건가 먼 건가 헷갈렸지만 일단 밖에 나온 것 자체가 좋아서 열심히 걸어갔다.

우선 카페 입구 앞에 도착하자마자 입이 벌어질 수밖에 없었다. 서울에서는 볼 수 없는 광활한 크기의 카페였다. 초록 산이 건물을 둘러싸고 있었고, 카페 정원에는 보기에도 정말 비싸 보이는 소나무가 줄지어 있었다. 카페 내부는 3인용 큰 소파가 수두룩했다. 게다가 소파가 그렇게 많은데도 자리마다 간격이 널찍널찍했다. 지금껏 1~2인용 소파 몇 개만 있는 카페만 갔었는데 여기는 큰 소파들과 더불어 옆에는 다른 테마로 꾸민 커다란 원목 테이블이 또 수없이 있었다. 천장에 걸린 여러 개의 그림 액자도 고급스러워 보였다. 아니, 비싸 보인다는 표현이 더 맞을 듯하다.

무엇보다 이 카페가 좋았던 점은 이렇게 큰 카페에 사람이 많지 않다는 것이었다. 코로나19 시대에는 정말 최적의 카페였다. 일을 좀 하다가 창밖의 카페 정원을 바라보며 오랜만에 집이 아닌 다른 곳에서 고요함을 느꼈다.

서울에 살았을 때 가던 카페는 이곳보다는 훨씬 좁았고 사람은 배로 많았다. 나는 사람들이 좁게 모여 앉았기에 그곳을 '와글와글'하다고 표현했다. 함께 간 친구와 대화하려면 말소리를 크게 해야 했고 옆에서 깔깔깔 웃는 사람들의 소리는 마치 내 귀에 직접 대고 웃는 듯했다. 조용한 카페에 가고 싶었지만 서울은 어디든 대부분 와글와글했다.

그런 카페만 가다가 이런 대형 카페를 오니 새로웠다. 고요함과 정취를 즐길 수 있는 카페. 동네 대형 카페에 점점 관심이 갔고 몇 군데를 더 알아봤다. 알아보니 이미 대형 카페가 몇 군데 더 있었다. 그리고 다른 대형 카페들이 더 들어서고 있었다. 특이한 점은 아예 건물 자체를 올려 통으로 카페로 사용한다는 거였다. 또 카페마다 베이커리도 함께 운영한다는 점도 특이했다. 그동안 빵을 사 먹을 수 있는 곳이 한정적이었는데 다양한 빵을 맛볼 기회가 생겼다. 주차장이 딸린 대형 프랜차이즈 커피숍들도 대형 건물로 속속 우뚝 섰다. 드라이브 스루 서비스를 운영하는 곳도 있었다. 나는 생기는 곳마다 들뜬 마음으로 발도장을 찍으러 다녔다.

재택근무를 하다 집중이 안 되면 대형 카페 어디든 가서 고요하게 일에 집중했다. 김포 카페에 익숙해졌다고 생각이 든 건 서울에 있는 카페를 방문했을 때다. 힙하지만 좁은 공간과 불편한 낮은 테이블, 등받이 없는 의자……. 사람이 엄청 와글와글한 곳에 오니 머리가 어질어질 하고 가슴이 답답했다.

내가 서울 살 때 엄마가 서울에만 오면 '아이고 복잡하고 정신이 없어서 얼른 집에 가고 싶다'라고 한 이야기가 나도 이제 이해가 된다. 슬슬 나도 경기도 주민이 되어 가고 있나 보다. 서울에만 오면 정신이 없어서 얼른 경기도로 가고 싶다.

'김포는 다 좋은데 야채값이 비싸. 그게 단점이야.' 집밥을 해 먹기 시작하면서 마트를 자주 갔는데 야채값이 서울보다 더 비싸게 느껴져 주변 사람들에게 볼멘소리를 했다. 사당동에 살 때는 남성 재래시장을 지나서 집으로 갔기 때문에 야채를 저렴하게 살 수 있었다.

그러던 중에 집 근처에 새로운 건물이 우뚝 솟았고 '식자재 마트 그랜드 오픈!'이라고 써 있는 커다란 현수막이 눈에 보였다. (이렇게 글을 써 보니 현수막의 광고 효과는 괜찮은 것 같다.) 가 볼까 싶었지만 나는 익숙한 곳을 좋아하는 편이고 '프랜차이즈 대형 마트가 아니니 뭔가가 불편할 거야.'라는 굉장히 편협한 생각에 가지 않았다.

어느 날 두부가 필요해서 대형 마트에 갔는데 수요

일이 정기 휴무 날이라 내가 가던 마트들이 모두 문을 닫았다. '어쩌지' 하며 차를 몰고 빙빙 도로를 돌아다니다가 문득 집 근처에 새로 생긴 식자재 마트가 생각나서 가 봤는데 문이 열려 있었다. '앗싸! 두부만 얼른 사고 나와야지.' 하고 주차장에 들어가 보니 프랜차이즈 대형 마트처럼 주차장도 잘돼 있었고, 매장도 꽤 컸다. 그동안 내가 보지 못한 신기한 물건이 많았다. 아무래도 도매를 전문으로 하는 곳이라 식자재 재료도 많았고, 무엇보다 야채 판매대에 가 보니 재래시장만큼 가격이 저렴했고, 상태도 단단하고 싱싱했다.

'이곳을 이제야 알다니!' 하고 마음속으로 환호성을 질렀다. 김포에 거주한 지 1년 반이 지나고 나서야 알게 된 것이 아쉬웠다. 야채도 이것저것 고르고, 고기도 샀지만, 프랜차이즈 대형 마트에서 샀던 가격보다 훨씬 적게 나왔다.

그 이후 주로 집 근처 마트만 가게 되었다. 이곳에서 야채값이 다 해결된 줄 알았는데, 내가 몰랐던 곳이 또 있었다. 바로 농협에서 운영하는 마트다. 그동안 여기도 지나가다가 보기만 했지 가 보지는 않았다. 매장이 8시에

문을 닫기 때문에 회사에 출근할 때는 갈 수가 없었다.

하지만 지금은 재택근무 중이고, 동네에 갇혀 있기 때문인지 가 보자는 호기심이 생겼다. 들어가 보니 매장은 그리 크지 않고 매대에도 물건들이 듬성듬성 채워져 있지만 야채들이 근처 지역에서 와서인지 집 근처 마트보다 더 싱싱하고 저렴했다. 직송으로 들어오는 구조라 야채 가격표 앞에 재배한 사람의 이름과 사진이 붙어 있었다. 표고버섯이 2,000원, 쌈 야채 2,000원 등 주로 2,000~5,000원 정도의 가격이라 이리저리 야채를 쓸어 담아도 총금액이 2만 원을 넘지 않았다.

엄마에게 바로 이 소식을 알리고, 엄마랑 또 신이 나서 농협에서 운영하는 마트에 가서 같이 장을 봤다. 계산한 금액을 보며 엄마에게 자랑하듯 말했다.

"봤지! 봤지! 가격 엄청 싸지?"

엄마도 나처럼 장 보는 걸 좋아하기 때문에 야채값이 저렴한 마트를 무척 맘에 들어 했다. 엄마는 우리 집에 놀러 오는 날이면 밥을 먹고 나서 꼭 이렇게 물었다.

"희정아, 우리 마지막으로 농협 갈까?"

그 외에도 경기도로 이사 오니 다양한 마트를 자주

가게 되었다. 주변에 여러 종류의 마트가 있다 보니 오히려 서울에 있을 때보다 선택의 폭이 넓어졌다. 주변 환경이 바뀌니 내 라이프스타일도 많이 달라지는구나 싶었다.

잔뜩 장 봐 온 짐을 차 트렁크에 실으며 서울에서 장봤을 때가 생각났다. 장을 본 비닐봉지를 끙끙거리며 손에 들고 마을버스를 탔는데 봉투가 터져 버리는 바람에 물건들이 다 쏟아진 날. 이제는 그런 날이 추억이 되어 버린 게 좋다.

집 근처에 큰 공원이 있다는 것

　　재택근무 기간이 길어지다 보니 누군가를 만나지 않는 게 불안했다. 이대로 계속 혼자이게 될까 봐. 코로나19가 절정으로 위험했던 시기인지라 누굴 만나기도 서로 부담스럽기도 했다. 답답한 마음에 친구에게 만나자고 해도 코로나19 상황이 조금만 가라앉으면 보자는 대답만 돌아왔다. 당연한 이야기였다. 코로나19에 걸리면 혼자만의 문제가 아니라 가족도 위험에 처하게 되니 말이다. 다른 친구들이 가족과 함께 이 시기를 견디고 있는 걸 생각하면 혼자인 나는 외롭다는 생각이 들었다. 멍하니 누워 거실 천장만 바라보다가, 핸드폰을 보다가, 고양이를 쓰다듬다가 문득 라베니체 옆에 있던 한강 중앙공원이 떠올랐다.

　　'공원에서 차가운 바람이나 좀 쐬고 올까?'

이사 오고 나서 한강 중앙공원을 살짝 둘러보러 간 적이 있었지만, 공원 공간이 그리 크지 않았던 걸로 기억돼 그 후로 잘 가지 않았다. 사실 동네 자체를 잘 돌아다니지 않기는 했다. 차를 타고 가서 공원 근처에 세워 둔 다음 아쉬운 대로 공원 한 바퀴를 걸었다. 그런대로 괜찮았다. 경기도만의 맑고 차가운 공기를 쐬는 것도 좋았고, 사람이 별로 없었기 때문에 마스크를 하지 않고 걸어 다닐 수 있었다. 2~3일 정도 차를 타고 와서 걸었는데 며칠 와 보니 불현듯 공원의 물이 흐르는 수로 끝이 어디인지 궁금해졌다. 남는 게 시간밖에 없었던 나는 어슬렁어슬렁 수로 끝을 향해 걸어갔다.

걸어가면서 놀랐던 건 수로가 가도 가도 끝이 안 보일 만큼 꽤 길다는 점이었다. 끝이 보이지 않자 호기심이 가득해져 계속 걸어갔는데 풍경을 바라보니 밝은 가로등 빛이 도로를 비추고 수로의 물결에 흐드러져 반짝반짝 빛이 났다. 알고 보니 수로의 끝은 우리 집을 향하고 있었다. 집에서 10분만 걸으면 올 수 있는 거리였다. 이 정도면 운동이 꽤 될 수 있었다. 공원 한 바퀴만 돌면 만 보 이상은 걸을 수 있을 것 같았다. 새로운 영역을 발견한 기분이었다.

　이튿날 운동복을 입고 두꺼운 점퍼를 걸치고 본격적으로 공원을 걷기 시작했다. 코끝이 찡하게 차가운 바람을 맞으며 노래를 들으며 밤 산책을 했다. 별다른 목적 없는 산책은 오랜만이었다. 주변 사람들도 눈에 들어오기 시작했는데 나처럼 혼자 산책하는 사람, 부부가 함께 나

와 산책하는 모습도 보이고 반려동물과 같이 나온 사람도 있었다. 가만히 바라보고 있으니, 동네에 공원이 있다는 건 사람들의 삶의 질을 바꿔 놓는다는 생각이 들었다.

나는 도심에서 평생 살았기 때문에 동네에 큰 공원이 있는 걸 처음 경험해 봤다. 전에 살던 집 근처에는 큰 공원이 없어서 놀이터 벤치에 앉아 친구들이랑 수다를 떨거나 놀이터 한 바퀴를 걷는 게 다였다. 집 지하철역 근처에는 술집이 많아 밤에는 술에 취해 비틀거리며 골목을 거닐고 다니는 좀비 같은 사람이 많았고, 화려하게 꾸미고 어딘가 목적지를 향해 바삐 걸어가는 사람이 대부분이었다.

어느 날은 너무 우울해서 기분 전환 삼아 걸으러 나왔는데 정신없는 동네 골목을 걸으면 속이 더 시끄러울 것 같았다. 딱히 조용히 산책할 만한 길목이 없어서 남의 아파트 단지에 들어가 뱅글뱅글 돌며 마음을 달랬던 그런 나날도 있었다.

수로 끝을 찾아다녔던 후로 공원에서 매일 산책했다. 공원에서 혼자만의 놀이를 즐겼다. 집에서 커피 한 잔을 텀블러에 담아서 공원에 나와 벤치에 앉아서 지나가는 사람을 구경하기도 했고 하루에 만 보씩 걷는 미션을 하기도 했으며, 더 나아가 러닝앱으로 30분 달리기 연습을 하기도 했다.

어떤 날은 달리기를 하는데 갑자기 소나기가 쏟아졌다. 집에 돌아가기도 애매해서 후드득 떨어지는 비를 맞으며 계속 달렸는데 즐거웠다. 헉헉 거친 숨을 몰아쉬며 그제야 나는 혼자여도 충만하다는 생각이 들었다.

공원에 나가 많이 걷고 뛰고 사색하며 혼자라는 불안감을 많이 떨굴 수 있었다. 애써서 떨쳐 내기보다는 걸으면서 자연스레 사그라들었고 관계에 대한 불안감도 집착도 점차 사라졌다.

혼자서 시간을 보내는 동안 자연스럽게 친구에게서도 한두 명씩 보고 싶다는 연락이 왔고, 실제로 만나기도 했다. 혼자 보내는 시간은 영원하지 않다는 걸, 혼자여도 잘 지낼 수 있다는 걸 알았던 첫 공간이 내게는 바로 공원이었다.

서울의 마지막 미련, 단골 병원과 미용실

경기도에서 어지간한 건 거의 적응이 되었는데, 서울에 미련이 남은 게 있었다. 바로 미용실과 병원이었다. 나는 병원이나 미용실은 한곳에 정착하면 잘 바꾸지 않는 편이다. 서울에서 미용실은 4~5년 정도 한곳만 가고 병원도 초등학교 때부터 다녔던 병원을 30대가 되도록 다니고 있었다. 경기도에 이사 와서도 꾸준히 서울로 나가 원래 가던 미용실과 병원에 다녔다. 하지만 재택근무로 동네에만 있으니, 서울에 나가는 게 쉽지 않았다. 게다가 차로 움직이기 때문에 차가 막히면 일찍 출발해도 예약 시간보다 늦게 미용실에 도착하는 경우가 있었다. 내가 다니던 미용실은 인기가 많아서 일정이 타이트하게 돌아가다 보니 10~15분 정도 늦으면 그날 머리를 하지 못하고 다음 예약을 잡고 돌아와야 했다. 서울에서 살 때

는 설령 당일 머리를 못 하고 집으로 돌아가도 그러려니 했는데, 김포에서 1시간 30분을 차로 운전하고 달려갔는데 그냥 돌아오는 길은 너무나도 허무했다.

자주 갔던 병원은 한의원과 치과였는데 두 군데 다 초등학교 때부터 다닌 곳이다. 치과는 스케일링하러 서울까지 가기에는 부담이 되었다. 또 당장 사랑니가 너무 아파 미칠 것 같은데 서울까지 달려갈 수는 없었다. 한의원도 허리 물리치료를 정기적으로 받기에는 차로 왕복 3시간이 걸리는 게 부담되었다.

나는 큰 결심을 해야만 했다. 십수 년간 짜 놓은 나의 생활 로드맵을 김포로 다 옮겨야 했다. 새로운 곳을 방문하거나 마음에 드는 곳을 찾는 과정을 귀찮고 힘들어하지만 매번 서울에 갈 수 없으니, 김포에서 새로운 미용실과 병원을 알아봐야만 했다.

먼저 미용실을 물색했다. 인터넷에서 열심히 검색해서 인기 많은 미용실에서 리뷰가 가장 많은 헤어디자이너에게 예약했다. 역시 인기가 많은 디자이너여서인지 머리 자른 게 마음에 들어 앞으로 계속 다니면 되겠다며 고민을 가볍게 해결한 줄 알았다. 그런데 아뿔싸! 좀 지나 또 예약을 하려고 하니 그 인기쟁이 디자이너가 예약 리스트에 없었다. 당황한 나는 미용실에 전화했더니 얼마 전에 그만두었단다. 그 이야기를 듣는데 한숨이 절로 나왔다. 아, 다시 미용실을 알아봐야 한다니! 어쩔 수 없다는 마음으로 또 눈에 불을 켜고 열심히 미용실을 알아보고 새로운 디자이너 선생님을 만났다. 내가 원하는 머리를 시원시원하게 잘 잘라 주는 디자이너 선생님을 만나서 일부러 성함을 외우고 그 선생님의 블로그도 방문했다. 미용실에 가는 횟수가 늘면서 말도 트고 제법 친해져서 미용실에 대한 긴장을 풀고 있었는데, 몇 개월 후 예약하려고 하니 또 선생님이 예약 리스트에 없었다. 전화를 해 보니 역시나 그만두었다는 비보를 들었다. 비슷한 경험이 있었기 때문에 나는 침착하게 선생님 블로그에 들어가 댓글을 남겼다. '선생님 ㅇㅇ미용실에서 머리 잘랐던 손님입니다. 혹시 이직하신 거면 어디서 일하시는지 알 수 있을까요? 제가 선생님께 꼭 계속 머리를 맡기고 싶어서요.'

더 이상은 새로운 곳을 알아보기가 싫었다. 그러기 위해서는 낯을 엄청나게 가리는 나도 용기를 내야 했다. 다행히 블로그를 통해 그 선생님과 연락이 닿아서, 옆 동네에서 다시 일하실 때까지 기다리다 더벅머리로 찾아가 머리를 잘랐다.

두 번째로 정형외과를 찾아야 했다. 경기도에 이사한 후 어느 날 허리를 삐끗해서 어기적거리며 여러 병원을 돌다가 한 정형외과를 찾아갔는데 거기서 인생 도수 선생님을 만났다. 조용하고 나긋한 목소리로 '괜찮아요?'라며 늘 물어봐 주며 몸 전체를 체크하고 재조립을 해 준 선생님. 허리통증이 꽤 심해서 그 선생님한테 여러 번 도수치료를 받았다.

치료를 받으면서 선생님과도 제법 친해졌는데, 어느 날 또 예약을 변경하려고 하니 다음 예약 때는 선생님이 그만두서서 예약을 잡을 수 없다는 것이다. 그날 예약 변경을 안 하고 부랴부랴 선생님한테 도수치료를 받았다. 그리고 미용실에서 했던 방법이 통할까 싶어서 한번 질러 봤다.

"연락처 좀 알려 주시면……. 안 될까요? 이직하시면 제가 거기 가서 치료받고 싶어서요……."

선생님은 싱긋 미소를 지으며 쪽지에 이름과 전화번호를 남겨 줬다. 난 마음속으로 '앗싸!'를 외치며 그 쪽지를 소중히 들고 나왔다.

선생님은 인천 쪽 병원으로 자리를 옮기고서 나한테 연락을 줬다.

"자주 뵙는 건 안 좋지만 그래도 혹시 아프시면 이쪽으로 오세요."

시간이 좀 흐르고 난 다시 허리통증이 심해져서 그쪽으로 부랴부랴 달려가서 치료를 받았다.

그 이후 치과, 피부과, 이비인후과 등등 김포에 괜찮은 병원을 찾아내고 자리를 잡았다. 이로써 웬만한 생활 로드맵을 김포에서 다 구성했다. 드디어 나는 서울의 마지막 미련까지 훌훌 털어 냈다.

동네 맛집 찾기

　　김포 사전 답사를 했을 때 배달앱을 켜고 대충 서울에 있는 프랜차이즈 매장들이 리스트에 뜨는 걸 보고 그걸로 만족했다. 이사 와서도 한동안 거의 프랜차이즈로만 배달시켜 먹었다. 평일에는 서울에 있었고 동네에 친구도 없었기 때문에 외식하러 나갈 일이 별로 없었다.

　　하지만 재택근무 이후로 집에서 매일 밥을 차려 먹기는 버거웠다. 어느 날은 남이 구워 준 생선이 너무 먹고 싶었다. 마침 부모님을 만나기로 한 날이라서 동네 생선구이집을 열심히 찾아서 부모님과 함께 식사하러 갔다. 처음 가 본 곳이었는데 고등어, 삼치, 민어, 코다리 등이 있었고 가격은 1만 2,000~1만 5,000원 사이였다. 생선구이를 주문하면 한식뷔페도 이용할 수 있었다. 제육볶음, 잡채, 각종 나물, 튀김, 누룽지까지 집에서 하기 번거로운 반찬들이 많아서 더 좋았다. 생선도 진짜 큼지막하게 나왔다. '이게 1만 2,000원이라고?' 부모님과 나는 가성비가 너무 좋다며 맛있게 식사했다.

그때부터 외식에 발동이 걸린 나는 김포에 괜찮은 식당들을 찾아보기 시작했다. 유명 유튜버가 다녀간 곰탕집이 유명하다 해서 점심시간에 들렀는데, 진한 국물에 뭉텅뭉텅한 고기가 가득 있어서 속으로 '와! 이건 예전 할머니가 해 준 옛날 진짜 곰탕 맛이다!'라고 감탄하며 혼자 밥 먹기를 즐겼다. 그동안 곰탕을 먹으면 얇게 저민 고기들이 들어 있었는데, 뭉텅뭉텅한 고기가 들어 있는 곳은 여기가 처음이었다.

칼국수 맛집도 찾았는데 한 군데는 조개를 한 보따리 넣어 주었다. 조개를 초장에 찍어 한참 먹고 나서야 칼국수를 먹을 수 있다. 테이블마다 해물파전 한 접시가 올라가 있어서 엄마랑 같이 갔을 때 우리도 해물파전을 시켜서 먹었다. 해물파전에도 해산물이 가득 있고 바삭바삭한 식감이 일품이었다.

그 외에 여러 군데 식당을 가 봤는데, 내가 느낀 대부분 김포 식당들은 재료를 아낌없이 팍팍 넣는 듯했다. '이 정도면 서울에서 얼마더라?' 하고 밥 먹을 때 매번 생각할 정도로 푸짐했는데 가격은 서울에 비해 저렴했다.

김포 맛집은 한자리에 다 몰려 있지 않고 어딘가 띄엄띄엄 '이런 데에 식당이 있어?'라고 생각할 만한 공간에 있었고 로컬 맛집이 꽤 많았다. 사람이 엄청나게 바글바글하지도 않고 주차장을 다 크게 가지고 있어서 차로 부담 없이 다녀올 수 있다. 그리고 매장의 크기들도 대부분 서울 매장보다 2~3배는 크다. 마치 어디 관광지에 가면 먹을 수 있는 식당들이 동네에 다 모여 있는 느낌이었다. 물론 지하철역 근처에는 프랜차이즈 가게가 모여 있어서 가볍게 먹고 싶을 때는 지하철역 근처에 가서 먹기도 했다.

내 입맛은 소위 '아저씨 입맛'이라서 나는 이런 크고 푸짐한 로컬 식당이 많은 게 좋았다. 장어구이집, 곰탕집, 칼국수집, 생선구이집, 백숙집, 횟집 등등…… 오히려 서울에서는 만족스러운 밥집을 찾는 게 좀 더 어려웠다. 서울에서 밥을 먹으면 왠지 서울깍쟁이가 음식을 내어 주는 느낌이라 먹는 내내 김포 식당의 푸짐한 밥상이 아른거렸다.

　글을 쓰면서도 방배동에 미련이 남은 식당이 있었나 하고 곰곰이 생각해 봤는데 하나도 생각나지 않았다. 물론 어렸을 때 먹었던 서문여고 앞 떡볶이집이 몇 군데 생각나기는 했지만 아주 오래전에 사라졌기 때문에, 이미 추억의 음식이 되어 버렸다. 오히려 김포를 떠나게 된다면 생각나는 맛집들이 많을 것 같다.

　재택근무를 하는 덕택에 김포의 맛집들을 많이 알게 되었다. 출퇴근을 했으면 아마 계속 프랜차이즈 음식만 시켜 먹지 않았을까 싶다. 엄마에게 김포 맛집 이곳저곳 탐방한 이야기를 했더니 엄마는 웃으며 이렇게 말했다.

　"야, 너 김포 주민 다 됐네 다 됐어."

　"그러게, 서울이 그립지가 않네. 하하."

뒷산이 주는 위로

"항상 제가 외로울 때 그리고 힘들 때 위안을 해 주는 국립공원 북한산한테 감사드립니다."

배우 유해진 씨가 '2014 대종상영화제' 남우조연상 수상 당시 한 말이다.

이 영상을 경기도로 이사 오고 나서 처음 봤는데, 유해진 씨의 수상 소감에 매우 공감했다. 나 또한 나만의 위로가 돼 주는 산이 있었기 때문에 그랬다. 그 산의 이름은 허산이다.

허산을 발견한 것도 역시 김포에 고립돼 있을 때였다. 동네 산책을 하다가 등산복 입은 사람들이 어느 초등학교 옆 골목으로 들어가는 걸 보았는데, 궁금해져 근처에 가서 서성거렸다. 골목을 들어가 보니 산으로 향하는 둘레길 입구가 나왔다. 입구에서만 좀 구경하다가 일단 집에 돌아왔다. 인터넷으로 검색을 해 보니 내가 본 산은 '허산'이었고, 적당히 운동하기에 좋은 둘레 코스가 있다는 정보가 있었다.

등산을 거의 해 보지 않았지만, 그렇게 어렵지 않다는 말만 믿고 이튿날 허산을 찾아갔다. 사실 그즈음 회사 동료가 자기네 집 쪽에 뒷산이 있어서 반려견과 항상 같이 오른다며 메신저에 사진을 보냈는데 그게 조금 부러웠다. 그런데 바로 우리 집 뒤에도 80분 정도 걸을 수 있는 산이 있다니! 나는 기대를 품고 허산으로 갔다.

허산은 둘레길 코스가 1번부터 6번까지 있었고, 나는 1번 코스부터 차근차근 걸어 올라갔다. 산 입구에 들어가자마자 나무냄새와 흙냄새, 차가운 산 공기가 내 콧속으로 훅 들어오는데, 마음이 차분해졌다. 숨을 깊게 들이마시고 설레는 발걸음으로 계속해서 걸어갔다. 4번 코스부터는 경사가 가팔라서 힘이 들기 시작했다.

등산을 해 보지 않았고 처음 가 보는 길이라 더 힘들었다. 4번 코스를 다 오르고 거친 숨을 몰아쉬고 땀을 닦으며 돌아갈까 생각했지만, 돌아가기에는 이미 너무 멀리 와서 6번 코스까지 갈 수밖에 없었다. '아, 산을 걷는 건 좋은데 내 체력이 안 좋네.'라고 생각하면서 발걸음을 자주 멈추고 땀을 닦았다. 산 옆을 바라보며 '여기서 뛰어 내려서 집에 갈 수는 없겠지…….'라는 어이없는 생각을 하다가 울며 겨자 먹기로 6번 코스까지 걸었다. 힘들었지만 다 올라왔다는 성취감이 잔뜩 올라왔다. 뭔가 해냈다는 기분이 참 좋았다.

　새로운 보물 장소를 찾은 나는 허산을 자주 갔다. 마주하는 자연이 좋았다. 여러 모양의 버섯 구경과 쓰러져 있는 나무조차 동화에서 나오는 그림 같았다. 흙길을 버석버석 걸으며 하늘 높이 솟은 소나무와 밤나무를 구경

했고, 이름 모를 새를 발견하기도 했으며 청설모가 나무를 타고 올라가는 모습을 발견하고 미소를 짓기도 했다.

자연이 좋아지면 나이가 든 거라고 하던데, 나는 그게 별로 속상하지 않다. 내 나이에 맞게 취향의 변화가 있는 게 자연스럽다고 생각한다. 어릴 때 장난감을 좋아했고, 청소년기는 아이돌과 음악을 좋아했으며, 지금 나이에서 자연을 좋아하는 게 당연한 수순을 밟고 있는 것 같다.

나는 마음이 힘들고 외로워지면 어김없이 허산을 올랐다. 1~3번 코스는 천천히 걸으면서 사색에 잠기다가 경사가 가파른 4~5번 코스에서는 거친 숨을 몰아쉬며 잡념을 떨쳐 냈고 마지막 6번 코스에 도착하면 그날 하루의 작은 성취감을 느낄 수 있었다.

산에서 내려오고 나서는 근처 카페에 앉아 땀을 식히면서 시원한 아이스커피를 한 잔 마시고 다시 일어나 길거리에 널린 공유 전기 자전거를 타고 동네 한 바퀴를 돌며 집으로 향해 갔다.

그런 평범한 일상이 나를 점점 단단하게 만들어 주는 것 같았다. 위로받고 싶을 때 늘 그 자리에 굳건히 있는 허산이 참 좋았다. 허산은 계절마다 달라지는 풍경으로 나에게 말을 걸어왔고, 나는 허산의 흙길을 꾹꾹 밟고 걸으면서 발걸음으로 내 마음속 고민과 잡념을 허산에게 얘기했다.

그래서 유해진 씨가 수상 소감으로 북한산에게 고마웠다는 말에 많이 공감했다. 나도 언젠가 수상 소감을 얘기하게 되면 우리 허산한테 고맙다고 전해 주고 싶다. 그런 날이 올까?

아무도 나를 모르는 데서 오는 해방감

이사 왔을 때 동네 친구가 없는 게 조금 걱정이 되었다. '동네에서 밥 한 끼 같이 먹을 친구가 없으면 외롭지 않을까?' 하는 생각을 했다. 근데 또 뭐 다시 생각해 보면 30대 초반에 이미 친구들은 대부분 결혼했고, 방배동에도 남은 친구가 별로 없었다. 방배동에 있으나, 김포에 있으나 친구 만나는 일은 비슷하게 거의 없었을 것 같았다. 오히려 이사를 와 보니 날 아는 사람이 아무도 없다는 데에서 오는 해방감이 생각보다 좋았다.

대단지 아파트도 익명으로 숨어 있기 좋은 공간이었다. 사람들 속에 섞여 내 흔적이 별로 남지 않고, 내가 거지꼴로 다녀도 아무도 날 신경 쓰지 않는 것이 편했다.

사실 서울에서 살 때는 길을 가다 아는 사람을 만나면 재빨리 숨은 적이 많았다. 머리도 안 감고, 낡고 늘어진 티셔츠에 트레이닝복 바지를 입고, 맨발에 슬리퍼를 신고 마트에 뭘 좀 사러 가는데 멀끔하게 잘 차려입은 친구를 내가 먼저 발견하면 내 모습이 창피해서 재빨리 발길을 돌려 아무 골목에 들어가 숨었다. 어떤 날은 과자를 잔뜩 사서 양손에 무겁게 들고 집에 가고 있는데 동네 오빠랑 마주쳤다. 순간 나는 과자를 잔뜩 사고 가는 게 창피해서 봉지를 등 뒤에 숨겼는데 동네 오빠는 속없이 '뭐 샀어? 구경해 보자.' 하고 내 장 봐 온 비닐봉지를 열어 보는 게 아니던가!

"와! 많이 샀다. 이렇게 먹으면 살찌겠다."

그 말을 듣고 너무 부끄러워서 과자가 든 봉지들을 길바닥에 던지고 도망가고 싶었다.

또 한번은 예전에는 친했지만 거의 만남이 없어진 지인을 동네에서 마주칠 때 인사만 하고 서로 갈 길을 갔는데 사실 그렇게 좋아했던 사람은 아니었다. 몇 년 동안 지나갈 때마다 어색하게 인사만 하니 나중에는 정말 그냥 모르는 척하고 지나가고 싶었다. '이 정도 사이가 멀어졌으면 인사를 안 해도 되지 않을까?' 하는 생각을 했다. 그 이후로 내가 그 지인을 길에서 먼저 발견하면 그냥 뒤

돌아서 도망쳤다. 한동네에 오래 살다 보니 잔가시처럼 박힌 인연이 많아서 마주치기 껄끄러운 사람도 있었고 또는 내가 추레할 때 마주치면 불편한 경우도 있었다.

김포에서 누리는 익명의 삶은 꽤 편안했다. 마치 인연에 대한 새 옷을 입은 것 같았다. 이 동네에서만큼은 인간관계에 대해 아무런 신경을 쓰지 않아도 되어서 좋았다. 고요한 나만의 세계에 있는 것 같았다. 관계에 대한 해방감을 얻은 나는 동네에서 아는 사람을 굳이 만들고 싶지 않았다. 동네에서 누군가를 만나는 것보다는 혼자 내 멋대로 거닐고 싶은 마음이 더 컸다.

아파트 엘리베이터를 타면 같이 탄 다른 사람들 이야기 속에 '그거 들었어? 몇 층에 그 아빠가……. 어쩌구 저쩌구…….' 하는 TMI를 종종 듣는다. 이곳에서 이웃을 사귀면 어느 엘리베이터 안에서 내 이야기도 들리겠다는 생각이 들어 더욱 이웃 친구를 만들고 싶지 않았다. 사람을 만나고 싶으면 친구를 부르거나 내가 서울로 가면 되었다. 내가 선택해서 만나는 만남을 가질 수 있는 게 더 좋았다. 이 동네에서만큼은 혼자 사색하며 돌아다니는 자유를 지키고 싶었다.

다만 자주 가는 카페 직원이 나를 알아볼 때 조금 당황했다. 매일 저녁 같은 시간에 공원 한 바퀴를 걷고 카페에 들러서 '아이스 아메리카노 그란데 사이즈 샷 추가 얼음 많이'라고 늘 주문했는데, 어느 날, 내가 카페에 들어서자마자 직원이 스피드 퀴즈를 맞추듯이 말했다.

"앗, 아이스 아메리카노 그란데 사이즈 샷 추가 얼음 많이 맞으시죠?"

나는 머리를 긁적이며 쑥스러운 웃음을 띠고 답했다.

"어? 어……. 네, 맞아요."

내가 너무 같은 시간에 같은 운동복 차림으로 늘 같은 커피를 주문했구나 싶었다. 그러다 '뭐, 이 정도 아는 거면 괜찮지 않나?'라고 생각하며 아이스 아메리카노를 쪽쪽 마셨다.

고깃집이나 2인분 이상만 파는 식당은 혼자 가지 못해 좀 아쉽기는 하다. 그렇다고 맛집을 가기 위해 이웃을 애써 사귀고 싶은 마음은 없다. 관계에 또 신경 쓰면서 맛집을 가느니 혼자 집에서 떡볶이를 시켜 먹는 게 더 마음 편하고 맛있게 먹을 수 있지 않나 생각한다.

김포의 금빛을 아시나요?

"김포 사람들은 참 금을 좋아하나 봐. 금빛이란 단어를 많이 쓰네, 지하철 라인도 골드고."

우리 동네에 놀러 온 친구 유리는 홍게를 발라 먹으며 재밌다는 듯이 말했다. 생각해 보니 공원 이름도 '금빛 근린공원'이고, '금빛 수로 보트'처럼 금빛이란 단어를 많이 쓰고 있었다.

"오, 그러네? 왜 금을 많이 쓰지?"

나도 궁금해졌지만, 친구들과 다른 수다를 떠느라 금세 잊어버렸다.

친구의 질문이 다시 생각난 건 그해 가을이었다. 김포로 이사 오고 첫해는 회사와 집만 왔다 갔다 하느라 김포의 가을을 알지 못했다. 하지만 재택근무를 하고 나서 맞이하는 김포의 가을 하늘을 바라보니 정말 푸르렀다.

허산을 올라가니 밤나무에서 떨어진 밤송이들이 가득했다. 밤송이를 본 게 얼마 만인지! 등산을 온 다른 사람들이 보물찾기 하듯이 밤을 주었다. 난 그동안 밤나무가 어떻게 생겼는지 유심히 살펴본 적이 없었는데 밤송이가 떨어진 곳을 올려다보고 밤나무의 생김새를 찬찬히 살펴보게 되었다.

산에 있는 열매들은 동물이 먹어야 한다는 걸 알기 때문에 열심히 줍지는 않았지만, 그래도 내심 밤송이 안에 들어 있는 밤을 보고 싶어서 1~2개를 발로 비비적거리려 밤송이 안에서 밤을 꺼내 주웠다. 산 흙길에는 화려한 색을 가진 나뭇잎이 한가득 떨어져 있었다. 누군가 크레파스로 땅을 알록달록 색칠한 것 같았다. 걸을 때마다 낙엽이 바스락거리는 소리가 좋았고, 가을 햇살은 따듯하고 찬란할 만큼 눈이 부셨다. 허산이 마을 잔치를 연 것 같았다. 한껏 가을을 만끽하고 돌아왔다.

　　김포 가을 하늘에서는 철새를 자주 볼 수 있다. 처음에는 거실 창문에서 보게 되었는데 '까악 까악' 소리가 쉴 새 없이 들리길래 소파에 누워서 하늘을 쳐다보니 엄청나게 큰 새들이 무리 지어 날아다니고 있었다. 처음 본 거라 벌떡 일어나 연신 '우와! 저게 뭐야?' 하고 창문에 바짝 붙어서 하늘을 계속 쳐다봤다. 김포에 대해 아무것도 몰랐던 나는 김포가 철새들이 지나가는 길이라는 것을 눈으로 보고 알았다. 나중에는 너무 많이 날아다녀서 익숙해져 버릴 만큼 철새들이 진짜 많았다. 그러다 어느 날, 부모님 집에 가는 길에 입을 다물지 못할 경관을 보았다. 부모님 집 가는 길에는 시골길이 나오는데 도로 옆에 논밭이 꽤 있다. 거기에 수십 마리의 철새들이 하늘을 비행

하다가 어느 밭에 내려앉는 걸 보게 되었다.

운전하는 차 안에서 '와! 저건 또 뭐야?' 호들갑을 떨었다. 급히 차를 세우고 철새들을 구경했다. 이미 철새들이 여기에 오는 걸 아는 아저씨 몇몇은 큰 대포 카메라를 가지고 철새 사진을 찍고 있었다. 나도 그 틈에 껴 핸드폰으로 연신 웃으며 철새를 촬영했다.

밭에서 목을 축이며 앉아 있기도 하고, 걸어 다니며 '까악 까악' 울어대는 걸 신기해하며 하염없이 바라보았다. 그런데 갑자기 논에 앉아 있던 모든 철새가 일제히 하늘로 날아갔다. 알고 보니 농부 아저씨가 밭을 돌아다니면서 철새를 쫓아내고 있었다.

며칠 후 부모님 집 가는 그 시골길에서 또 다른 풍경을 발견했는데 저 멀리 논밭에 핑크빛 안개가 보였다. 핑크뮬리였다. 왜 저기에 핑크뮬리가 있는 거지? 궁금해진 나는 부모님 집을 방문하고 돌아오는 길에 그곳에 다시 들렀다.

포장이 안 된 흙길을 걸어 약간 언덕을 올라가야지만 핑크뮬리 있는 곳에 다다랄 수 있었다. 언덕도 다듬어지지 않은 길이라, 발바닥에 힘을 주어 올라갔다. 몇 발짝 더 올라가니, 분홍색이 안개처럼 시야에 가득 펼쳐졌다. 그런 장면을 처음 보기도 했지만, 예상치 못한 장소에 있어서 더욱 예뻐 보였다. 나 말고 몇몇 사람들이 와서 핑크뮬리와 함께 사진을 찍고 있었다. 이런 곳에 핑크뮬리가 있는 걸 다들 의아해하면서도 즐거워하는 듯했다.

김포에서 처음 가을을 제대로 느끼며 여러 명소를 발견할 수 있었다. 마치 인생 속 작은 이벤트를 맞는 듯했다. 그렇게 한참을, 핑크뮬리를 즐기다 뒤를 돌아봤는데, 황금빛으로 반짝거리는 벼들이 만연하게 펼쳐져 있었다. 노을이 지기 시작해서 하늘은 점점 주황빛으로 물들고 있었고, 노을빛 덕분에 벼들이 더욱 반짝거렸다.

'김포는 금을 좋아하나 봐. 금빛이라는 단어를 많이 쓰네?'라고 했던 친구가 던진 질문의 답을 그제서야 알 수 있었다.

"아, 이래서……."

한참을 바라봤다. 바람이 불어 벼들은 살랑살랑 춤을 추고 있었다. 반짝반짝하면서. 황금빛이 반짝거리는 평야를 바라보며 그동안 김포에서 지냈던 시간들을 돌아보았다.

'나는 이 동네를 꽤 좋아하게 되었구나.' 아무것도 모른 상태로 무턱대고 이사 와 버린 김포. 벌레가 많을까 봐 걱정되었고, 평생 살아온 방배동을 떠나오는 것도 두려웠다. '서울을 그리워하지 않을까?' 하는 막연한 불안감과 우울감에 빠져 있었는데, 조용히 공원을 산책하고, 산을 오르며, 집을 가꾸고, 밥을 해 먹고, 나의 동네를 알아 가면서 채워 간 소소하고 작은 일상들이 나를 일으켰다.

그동안 비바람이 끊임없이 내리치고, 아무것도 보이지 않는 바다에 나 혼자 둥둥 떠다니고 있는 것만 같았다. 인생은 어디로 흘러가는 걸까 불안해하며 파도에 쉼 없이 흔들렸다.

그러다 어느새 평온해져 있었다. 그동안 김포에 머물면서 알게 모르게 많은 위로를 받았구나. 노을과 황금 평야를 보면서 조금씩 내 마음도 반짝반짝 빛이 났다.

이 동네에 오래 머무르고 싶어졌다. 살아갈 힘이 생기기 시작했다.

동네 속 작은 여행

겨울이 왔다. 금빛 공간을 발견한 이후 나는 동네를 탐험하는 걸 좋아하게 되었다. 최근에 발견한 곳은 운전하면서 눈으로 흘깃흘깃 보았던 도로 건너편 논밭 사이에 있는 꽤 넓은 갈대밭이었다. '저곳은 걸어서 어떻게 갈 수 있지?' 작은 호기심이 생겼다.

어느 주말에 일찍 일어나게 돼서 고양이들 밥을 챙겨 주고, 집을 정리하고 나서도 시간이 오전 10시밖에 안 되었다. 무엇을 하면 알찬 시간을 보낼 수 있을까 고민하다가 갈대밭이 생각났다. 나는 얼른 옷을 대충 입고 작은 가방을 메고 집을 나섰다. 아파트 정문 앞에 널브러진 전기 자전거를 타고 찬바람을 가르며 갈대밭을 향해 달려갔다.

며칠 동안 차를 타고 지나가면서 길을 대충 파악한

대로 일단 가 보기 시작했다. 자전거를 쭉쭉 타고 가다 어느 지점에서 길이 막혔다. 자전거를 타고 이리저리 그 주변을 뱅뱅 돌다가 사람들이 지나다녀 풀이 주저앉은 작은 길목을 발견했다. 자전거를 탄 채로 울퉁불퉁한 길을 쿵쾅쿵쾅거리면서 내려갔다. 그렇게 갈대밭에 더 가까워지고 나니 자전거로는 더 이상 들어갈 수 없는 길이 나와 자전거를 세워 두고 걷기 시작했다. 작은 공장과 시골집이 듬성듬성 멀리 보이는 드넓은 들판이 펼쳐졌다.

갈대밭에 좀 더 가까이 다가가니 다른 난관이 생겼다. 어느 허름한 집 마당을 거쳐 지나가야 했다. 마당에는 왜소하고 나이가 지긋해 보이는 할아버지가 불을 때고 있었고 그 옆에는 흰색 개 한 마리가 자리를 지키고 있었다. 낯가림이 있는지라 다른 길이 없나 찾아봤지만 아무리 봐도 할아버지와 흰둥이가 있는 곳을 지나가야 갈대밭에 다다를 수 있었다.

어쩔 수 없다 생각하며 조심스레 할아버지 쪽으로 다가갔다. 허락을 받고 지나가야 할 것 같아 할아버지께 물어봤다.

"할아버지 이쪽 길로 지나가도 돼요?"

"뭐라고?"

"아, 저쪽 갈대밭이 보고 싶어서 찾아왔는데 여기밖에 길이 없는 것 같아서요. 이 길로 지나가도 될까요?"

할아버지는 모닥불에 장작을 넣으며 말없이 고개를 끄덕였다. 감사 인사를 남기고 길을 지나갔다. 할아버지네 마당을 지나니 앙상한 나뭇가지들만 있는 나무들과 흙길, 겨울바람에 시들어 버린 풀들이 나를 반겼다. 황량하고 쓸쓸한 겨울의 정취였다. 지나가는 내내 이름 모를 새들이 나무들 사이로 계속 바삐 날아다니며 연신 쨱

쩍거렸다. 그리고 드디어 운전하면서 봤던 갈대밭을 마주하게 되었다. 갈대는 생각보다 거대했다. 멀리서 봤을 때는 그리 커 보이지 않았는데 갈대는 내 키를 훌쩍 넘어, 위에서 나를 바라봤다.

평일에 서울에서 사람들과 복닥복닥거리며 나름 치열한 삶을 살다가 이곳에 오니 삶이 다시 평화로워진 것 같았다. 내가 이 동네를 좋아하는 이유를 다시금 생각하게 했다.

한참을 갈대밭을 바라보다 다시 집을 향해 발걸음을 돌렸다. 갈대밭으로 갈 때는 몰랐는데 오다 보니 초록 그물망으로 대충 휘어 감은 마구간이 있었다. 당나귀가 빼꼼히 나를 반겨 줬다. 정말 생뚱맞아서 '와하하' 하고 웃어 버렸다. 당나귀는 내가 반가운지 마구간 안에서 내가 가는 방향으로 따라왔다. '나를 따라오는 게 맞나?' 궁금해져 마구간 근처를 이리저리 왔다 갔다 해 보니 당나귀는 나를 따라 같이 왔다 갔다 했다. 나는 반갑게 손을 들어 '안녕!' 하고 인사했다. 그러고 나서 내 생각일 뿐일지 모르겠지만, 서로 몸짓 발짓으로 대화를 나눴다. 한참 시간이 흐르고 '난 이만 가볼게.' 하고 길을 다시 걸어가려하니 당나귀가 아쉬운지 '푸헤에엥엥!' 소리를 지르며 가는 나를 붙잡았다. 다시 잠시 더 같이 놀다 '이제 정말 갈게.' 하고 다시 길을 나서니 그제야 당나귀는 나를 말없이 바라보며 보내 주었다.

나는 다시 할아버지가 지키고 있는 마당에 돌아왔다. 할아버지는 내가 이곳을 찾아와 즐기다 간 게 내심 좋은 모양이었다. 화투를 혼자서 치면서 '왜 벌써 와? 더 보다가 가지 그래.'라고 웃으며 말했다.

"정말 예뻤어요. 나중에 또 보고 싶을 때 올게요!"

할아버지 곁에 있던 흰둥이는 자기를 만져달라며 연신 앞발을 흔들거렸다. 흰둥이한테도 반갑게 인사를 하고 자전거를 타고 집으로 향했다.

10분 정도 자전거를 타고 오니 다시 아파트 단지와 카페들이 있는 도심지가 나왔다. 자전거를 카페 앞에 두고 2,000원짜리 아이스커피를 한잔 마시면서 집에 들어갔다.

내가 살고 있는 곳은 도시이지만 여차하고 길을 삐끗하게 들어가면 시골 풍경이 나오는데 참 마음에 든다.

서른여섯 살의 겨울이었다.

4장

혼자라 좋은 것

외롭지만 평온하다

재택근무로 불필요한 만남이 없어지고 좋아하는 사람들만 만날 수 있었다. 만남과 관계가 심플해지니 나의 불안했던 마음은 점점 사그라들었다. 집에 머물고, 동네 산책을 다니며, 집밥을 해 먹고, 배우고 싶은 걸 배우고, 한적한 시간에 머물러 있었다. 문득 '언제 이런 시간이 나에게 다시 올까?' 생각을 하면 마음이 아려 왔다. 지금이 너무 평온했기 때문에.

서울에 살았을 때는 잠을 자다가 '나는 이대로 혼자서 늙는 걸까?' 하는 불안이 휘몰아쳐 이불을 걷어차고 벌떡 일어날 때가 많았다. 일어나서 나밖에 없는 집의 풍경을 멍하니 바라봤다. 적막했다. 그럴 때마다 어렸을 때 문방구 안쪽 골방에서 잠이 들었다 눈을 떴을 때가 생각났다. 끝도 없는 어둠 속에 나 혼자 남아 있는 줄 알고 무서워 엉엉 울면서 엄마 아빠를 찾았던 날.

경기도에서 지내면서 불안이 날 흔들어 깨우는 일은 사라졌다. 물론 일상 속의 불안감은 있었지만 적어도 이대로 혼자 늙어 버리는 게 아닌가 하는 불안감은 없었다.

'이렇게 혼자 살아도 괜찮지 않을까?' 하는 마음이 자연스럽게 생겼다. 엄마는 그런 나를 보고 걱정했다.

"혼자 살면 너무 외롭잖아. 누군가와 함께 사는 게 좋지."

"둘이 살아도 외롭다며~!"

나는 그 말에 늘 응수를 두었다. 엄마는 빙그레 웃으며 '그건 그래.' 했다.

나는 혼자만 있을 때 느끼는 외로움보다는 누군가와 함께하면서 느끼는 외로움이 더 고통스러웠다. 그 안에는 기대와 실망이 함께 있어 그런 듯하다. 혼자서의 외로움은 누굴 그리워하지도, 기대도 실망도 없는 원초적인 외로움이었다.

혼자서 보내는 시간이 괜찮아지니 그간 거친 파도 속에 휩싸여 있다가, 고요한 호수로 옮겨 온 것 같았다. 거친 바다에서 도망쳐 나온 건 아닐까 싶었지만 혼자 지

내면서 천천히 나를 알아 가니 나는 사랑보다는 오히려
평온이 좋았다. 또다시 파도 속으로 뛰어들고 싶지는 않
았다.

집에 혼자 있으면서 있는 그대로인 나 자체를 느끼
며 사는 것도 편안했다. 나는 남에게 민폐 끼치는 걸 싫어
하면서도 내 맘대로 하고 싶은 성격도 있었기 때문에, 만
약 누군가와 같이 살게 된다면 상대방과 맞춰 나가려는

노력과 내 멋대로 살고 싶은 욕구가 서로 많이 충돌할 것 같다.

집에서 무슨 짓을 해도 혼자이기에 모든 게 거리낌이 없었다. 청소를 며칠 안 하고, 옷을 아무렇게 바닥에 산더미처럼 쌓아 놓아도, 치약을 중간에서 짜든 아래에서 짜든 아무런 문제가 되지 않았다. 나의 게으른 행위에 어떠한 용서를 구하지 않아도 되었다. 그리고 집에서 아무리 멍청한 짓을 해도 내가 말하지 않는 이상 그 누구도 모른다는 점도 좋았다.

나에게 집이란, 아무도 없는, 긴장을 풀고 숨을 쉬는 공간이다. 쓰고 보니 나도 참 별난 인간이구나 싶다. 나는 왜 이렇게 관계에 질렸고, 집에서 내 맘대로 사는 걸 좋아하는지 생각해 보니 친할머니, 친할아버지와 같이 살았을 때부터 우리 집은 늘 시끄러웠다. 서로의 관계에 얽히고설켜 수없이 싸웠다. 집에서 큰 소리가 오가면 모두가 눈물을 흘렸고 한숨을 쉬었다. 우리 집은 평온하지 않았다.

그런 가족관계에 지쳐 있었고, 사회에 나와서도 이리 치이고 저리 치이는 관계 속에 버티다시피 지냈다. 그러다 자취를 시작하며 여러 난관들을 만났고, 이제야 드디어 평온한 우리 집을 가지게 된 것 같았다.

때때로 다른 친구들이 가정을 이뤄서 가족과 재밌게 사는 걸 보면 부러울 때도 있다. 서로 티격태격하면서 깔깔깔 웃는 모습을 보면 나는 왜 저런 인생을 살지 못했을까 씁쓸할 때도 있긴 하지만 애써 그런 삶을 살고 싶지는 않았다. 쓸쓸할 때도 있지만 지금의 고요한 삶이 나쁘지 않다. 심심하지만 평화롭고, 외롭지만 평온하다.

이러한 삶도 있는 거니까, 다들 사랑을 노래하면 나는 외로움을 노래하며 살아도 되지 않을까? 모두 다 같은 삶을 살아갈 수는 없다. 나는 나대로의 삶을 사랑하기로 했다.

인생에서도, 집에서도, 주인공은 나

혼자 살면서 좋은 점은 집에서도, 내 인생에서도 주인공은 '나'라는 것이다. 가족과 같이 살 때 나의 공간은 집에서 제일 작은 방 한 칸이었다. 어린 나이에 이사할 때마다 공평하게 한 번쯤은 오빠와 내 방을 바꿔 줄만 한데 왜 꼭 나한테 작은 방을 줬을까? 불만을 가졌다. 가족들 사이에서 나는 늘 조연인 것만 같았다.

부모님이 친할아버지, 친할머니와 싸운 후 본가에서 나왔을 때는 오피스텔 원룸으로 이사를 한 터라 내 방조차도 없었다. 나는 원룸에서 가족이 다 같이 자는 게 싫어서 이사 간 집을 뛰쳐나와 본가에 가서 할머니 방에서 잤다. 그 후 우리 가족은 반지하 투룸으로 이사를 해서 오빠와 방을 같이 쓰거나, 주말에 부모님이 의정부 집으로 가면 나 혼자 안방에서 잠을 잤다. 몇 년 후 우리 집은 학원을 차렸고 학원에 방 한 칸을 하나 만들어 거기서 우리 가족이 함께 지냈다. 집에 변기가 없어서 상가 화장실을 쓸 만큼 집다운 집이 아니었다. 밤에 엄마가 수업이 끝나면 나는 강의실에 라꾸라꾸 침대를 펼치고 잠을 잤다. 중·고등학교 시절 내내 내 공간이 없었다는 게 그 당시에는 당연하다고 생각했다. 어려서 별생각이 없기도 했다.

그러다 드디어 내가 대학생 때 방 3칸짜리 빌라로 이사를 했다. 하지만 그때도 전과 마찬가지로 그중에 가장 작은 방이 내 방이 되었다. 그 작은 방에 부모님은 아주 옛날에 산 핑크색 장롱을 나 시집갈 때 줄 거라며 내가 싫다는데도 굳이 내 방에 욱여넣었다. 내 공간이었지만 선택권이 없었다. 그 작은 방에 책상과 장롱이 들어서자 겨우 한 사람 누울 정도의 공간밖에 남지 않았다.

부모님이 인천으로 이사 가면서 나는 20대 중반쯤에 첫 자취를 시작했고, 그 핑크색 장롱에서 벗어날 수 있었다. 라꾸라꾸가 아닌 예쁜 침대와 책상, 식탁 등을 사고, 내 공간을 아기자기하게 만들자 비로소 나는 조연이 아닌 주인공이 된 것 같았다. 이제 내 공간에 무엇을 놓든 내가 정할 수 있었다.

자취 첫날 감성 있는 조명를 켜고, 새롭게 산 귀여운 잠옷을 입고 내 침대에 누웠다. 나만 있는 우리 집의 밤은 설레었다. 그 후, 유부와 하루랑 함께 살게 되면서 내 공간에 유부와 하루 물건도 들여놓기 시작했다. 한번은 회사 친구가 집에 놀러 오더니 고양이 가구를 보고 '희정 님은 굉장히 공평하게 고양이 물건을 샀네요.'라고 얘기했다. 그 말에 나는 만족스러운 미소를 띠었다.

　　어린 시절 불공평하게 방을 배정받고 여자이고 막내이기 때문에 이것저것 차별받아 왔던 것이 싫어서 신경써서 고양이들에게 공평하게 무엇이든 해 주려고 노력했기 때문에 그게 눈으로 보였다니 내가 잘하고 있었구나 싶었다. 우리 집에서만큼은 고양이든 사람이든 평등한 삶을 살았으면 했다.

집에서뿐만 아니라, 나는 세상에서도 주인공이 된 적이 없다. 남들에게 주목받지 못했고 애정을 듬뿍 받은 기억이 별로 없다. 그래서 인생이 더 쓸쓸했던 걸까? 집에서도 주인공이 아니었기에 밖에서도 그냥 그런 존재로 지냈던 걸까 하는 생각에 쓸쓸할 때가 많았다.

그나마 김포에서 지내면서 남에게 나는 특별하지는 않지만, 나에게만큼은 내가 제일 특별하다는 단단한 마음이 생겼고, 그제야 밖에서 주인공이 아니더라도 괜찮았다.

내 인생에서 주인공은 나였다. '그런데 결혼을 해도 그럴 수 있을까?' 종종 생각한다. 사실 주인공 자리를 누군가가 뺏어 가지 않을까 무섭기도 하다. 나는 누군가를 좋아하면 나의 주인공 자리를 기꺼이 내어 주리라는 것을 알기 때문에. 그게 남편이든 아이든 다른 가족이든 말이다.

글을 쓰면서 어린 날 받은 차별과 나에게만 작은 것이 쥐어졌던 게 상처였다는 걸 알게 되었다. 가족과 함께하는 인생에서 벗어나 혼자만의 공간을 가지고서야 내 인생의 주인공 자리를 되찾은 기분이었다. 그래서 지금은 내 취향으로 가득 찬 내 집이 좋다. 내 집처럼 내 인생에서도 나로 가득 채워진 주인공인 채로 계속 살아가고 싶다.

운전을 할 줄 알면 삶의 영역이 확장된다

나는 내가 운전하는 게 늘 신기했다. 운전을 시작하고 첫 3년 동안은 운전대를 잡을 때마다 '내가 운전하다니!' 하는 생각을 줄곧 했다.

서울에 살았을 때는 대중교통 타는 게 익숙해서 운전에 대해 전혀 관심이 없었고, 차의 종류와 브랜드를 하나도 몰랐다. 운전하는 친구들을 보면 멋있어 보이고 어른 같아 보였지만 딱히 부럽지는 않았고, 차에 대한 욕심도 없었다. 그러다 경기도에 이사를 오고, 생존을 위해 운전을 배우고 나서 삶의 세계가 넓어지고 변하는 걸 몸소 느끼니, 왜 사람들이 운전을 하는지를 알 것 같았다.

운전을 시작하니 편한 변화들이 생겼다. 우선 안전이 확보되는 듯했다. 난 밤늦게 퇴근하는 경우가 많았는데 어두컴컴하고 스산한 골목길 끝에 집이 있던 시절에는 이어폰을 낄 엄두조차 낼 수 없었다. 늘 가던 발걸음을 멈추고 돌아서서 사람이 있는지 확인했다. 혹시 괴한이 나타나면 무엇으로 내려치고 도망갈지 생각하며 가방 속 물건들을 만지작거렸다. 하지만 지금은 지하 주차장에서 차를 타고 출근하고, 퇴근할 때도 지하 주차장에 들어와서 바로 집으로 들어간다. 밖을 걸어 다니면서 출퇴근하지 않아 괴한에 대한 두려움도 더 이상 없고 가방 속에서 무기가 될 만한 것을 찾을 필요가 없게 되었다.

두 번째는 고양이를 동물병원에 데려갈 때 편하다. 특히 우리 집 고양이 하루가 자주 아팠기 때문에 병원에 자주 가야 했다. 그럴 때마다 하루를 데리고 택시를 타는 게 힘들었다. 하루는 겁이 아주 많고, 스트레스에 취약하다. 하루와 택시를 타면 나도 같이 엄청 예민한 상태가 되어 하루를 살펴야 했다. 조용하고 천천히 가는 택시를 타고 싶지만, 그런 택시를 만나기가 꽤 어려웠다.

기사분이 운전을 너무 거칠게 하거나, '고양이에요? 몇 살이에요?'라며 큰 소리로 자꾸 질문을 할 때마다 나는 케이지 안에 있는 하루를 쓰다듬으며 하루를 안정시켰다. 모범택시도 타 봤지만, 그마저도 잘 맞지 않는 택시를 만날 때가 많아서 꽤 힘이 들었다. 하루는 여전히 병원을 싫어하지만, 지금은 내가 직접 운전해서 병원을 데리고 가니까 그나마 스트레스를 덜 받았다. 최대한 조심히 천천히 운전해서 하루가 자극받을 만한 일을 줄였다. 내 차에 태우고 케이지를 조금 열어 두면 하루는 고개를 빼꼼 내밀고 바깥 구경을 하다가 다시 들어갔다. 하루가 긴장을 덜 하는 게 눈에 보여 운전을 배우기를 잘했다는 생각을 가장 많이 하게 된다. 그리고 위급 상황이 닥쳤을 때, 택시를 기다리지 않고 언제든지 유부와 하루를 데리고 차를 타고 바로 병원에 갈 수 있다는 점도 내 마음의 든든한 보험이었다.

세 번째로 어디든 가고 싶을 때 떠날 수 있는 자유를 누리게 되었다. 전에는 어딘가 떠나고 싶어도 대중교통이나, 고속버스를 타야 하니 여러 가지로 제한적인 상황이 벌어져 어딘가를 홀

쩍 떠나기가 쉽지 않았다. 하지만 지금은 차가 있고 운전을 할 수 있으니 마음만 먹으면 어디로든 떠날 수 있다. 한번은 재택근무가 끝나고 문득 밤하늘에 가득한 별이 보고 싶었다. 가평 화악터널에 가면 별을 많이 볼 수 있다는 얘기를 듣고 텀블러에 따뜻한 커피를 담아 핸드폰만 든 채로 운전해서 훌쩍 가평으로 향했다. 음악을 들으면서 드라이브하는 것도 좋아했기 때문에 2시간 정도 달려가는 게 아무렇지 않았다. 주황 불빛들이 스쳐 지나가고 차가 없는 도로에서 빠르게 운전하면서 가는 게 싱글의 자유를 만끽하는 것 같았다.

비록 보름달이 환하게 비친 날이라 별은 많이 보지 못했지만 혼자 별 보고 싶다고 산 정상까지 운전해서 달려온 것 자체만으로도 쌓였던 스트레스를 풀어 주었다. 그렇게 또 새벽에 차 안에서 감성 있는 음악을 들으면서 운전하고 집에 돌아갔다. 별을 보러 언제든지 떠날 수가 있다니 얼마나 낭만적인가.

마지막으로는 엄마와 함께 다양한 곳에 놀러 갈 수 있어서 좋았다. 내가 엄마를 참 좋아해서 둘이 이곳저곳 같이 놀러 가 보고 싶었지만, 운전을 못했던 시절에는 갈

수 있는 장소가 한정적이었다. 둘이 대중교통을 타고 만
날 수 있는 중간 지점인 김포공항 근처 쇼핑몰이나 우리
동네 재래시장에서 장을 보고 집에서 밥을 해 먹는 게 대
부분이었다. 아빠랑 함께 만나면 차가 있어서 다른 곳을
갈 수는 있었지만, 아빠가 있기 때문에 둘이서 격 없이 수
다를 떨 수 없어 아쉬운 부분이 있었다.

　　나는 어린아이처럼 엄마를 독점해서 꽃을 보러 다
니고, 바다를 보러 다니고, 둘이 맛있는 음식을 먹으며 인
생 얘기를 나누는 게 꿈이었다. 그런 꿈을 운전을 배우고
나서 이룰 수 있었다. 엄마도 아빠가 운전하는 차만 타다

가 내 차를 처음 탔을 때는 걱정하고 무서워했지만, 시간이 지나니 아빠보다 운전을 더 잘한다며 곧 내 차를 편하게 여겼다. 엄마와 단둘이 강화도에 놀러 가서 회를 사 먹기도 하고 젓갈시장에서 우리가 좋아하는 명란젓을 잔뜩 사 오기도 했다. 혼자 차를 타고 가다가 좋은 데를 발견하면 엄마를 데리고 꼭 다시 갔다. 난 엄마와 차를 타고 이곳저곳 돌아다니는 게 참 좋다. 차 안에서 깊은 얘기를 많이 하는 것도 좋고, 엄마와 함께하다 보니 내가 다시 어린 아이로 돌아간 것 같아서 그 시간이 좋다. 올해 봄에 처음으로 엄마랑 단둘이 지리산 여행을 다녀왔다. 엄마와 같이 흐드러진 벚꽃과 산수유를 구경하며 맛있는 밥을 먹으러 다니고 추억을 쌓았다.

낙방 경험으로 다져진 요리 실력

중학생 때, 이제는 제목도 기억나지 않는 요리 관련 만화책을 보고 자극을 받아 요리사를 꿈꿨다. 진지한 마음으로 한식 조리사 자격증을 취득하려고 고등학교 때부터 요리 학원에 다녔다. 하지만 아쉽게도 나는 한식 조리사 자격증 실기에서 매번 불합격의 고배를 마셨다. 계속 도전하다 보면 붙을 만한데 정말 지독하게도 많이 떨어졌다. 10번 넘게 불합격하면서 그 이후로는 떨어진 횟수를 더는 세지 않았다. 불합격 덕분에 요리 학원을 아주 오래 다녔고, 50여 가지의 한식 요리를 고등학교 내내 계속 만들었다.

아이러니하게도 조리사 자격증 시험에서는 계속 떨어지는데, 캐릭터 디자인 대회에서는 연달아 상을 받았다. 결국 요리는 자연스레 포기하고 시각디자인과로 대학에 가게 되었지만, 지금 생각해 보면 잘된 일이었다. 요리사는 어린 날 만화책에 혹해서 잠시 꿈꿨던 직업이었고, 나의 천성은 그림 분야에 더 잘 맞았다. 그래도 요리학원을 오래 다닌 덕에 기본 요리 실력을 갖추게 되었다.

요리를 배워 놓은 건 혼자 사는 데 상당히 유용했다. 내가 먹고 싶은 요리는 대부분 만들 수 있었으니까. 한번은 꽃게탕이 먹고 싶어서 마트에서 꽃게탕 재료를 사고 마침 석회굴도 저렴하게 팔아 그걸 사서 거나하게 저녁을 차려 먹을 생각이었다. 꽃게탕을 보글보글 끓이고 있는데 삼촌한테서 전화가 왔다.

"희정아, 저녁은 먹었니? 삼촌은 국수 먹는다."

"오! 국수~ 맛있겠다. 나도 밥 먹으려고……."

"뭐 먹는데?"

"응……. 그냥 밥 먹지 뭐."

눈앞에 꽃게탕이 보글보글 끓는 걸 보면서 삼촌은

국수를 먹는데 나는 화려하게 꽃게탕에 석화굴을 혼자 먹을 거라고 차마 얘기하지 못했다.

재택근무를 하고 나서 한식 조리사 자격증 시험에서 10번 이상 떨어진 실력은 더 발휘되었다. 집에서 매일 점심을 해결해야 했고 시간적 여유도 있어서 집밥을 아주 정성스럽게 차려 먹었다. 나는 정갈한 점심 밥상을 차리고 사진을 찍고 인스타그램에 집밥의 기록을 남겼다.

인스타그램 피드를 보고 사람들이 종종 물어본다. 혼자인데 왜 이렇게 잘 챙겨 먹냐고. 난 이 말이 참 싫다. 혼자 있으면 뭐 어떻게 먹어야 한단 말인가. 물에 밥 말아서 신김치랑 먹기라도 해야 하는 걸까? 혼자 사니까 혼자 밥 먹을 일이 얼마나 많은데 언제나 대충 챙겨 먹어야 하는 것일까? 혼자이기에 더 건강을 챙기려고 긴장해야 하는데 말이다. 누군가와 함께해야 식사다운 식사를 할 수 있는 것인가 하고 괜한 반발심이 생긴다. 혼자 먹어도 맛있는 밥을, 건강한 밥을 먹고 싶다.

때로는 지인들이 '희정 씨가 요리해 준 거 먹어 보고 싶어! 희정 씨 집에 놀러 가면 요리해 주는 거지?' 하면서 종종 요리해 달라고 한다. 그때마다 나는 이렇게 답한다.

"아니야……. 우리 집 놀러 오면 그냥 배달시켜 먹자. 내가 요리해 주는 건 왠지 부담스러워서……."

요리를 그렇게 잘하는데 왜 부담스럽냐고 지인들은 의아해한다. 남을 대접하기 위해 요리하는 건 왠지 부담스럽고 부끄럽다. 혹여나 맛이 없으면 어쩌나 걱정도 되고 맛없는데 억지로 맛있게 먹어 주는 것도 보기 민망하다. 그리고 결국 평가를 받는 것 같아서 괜히 신경이 쓰여 긴장하며 요리를 하게 돼서 잘 안 하게 된다. 요리도 빨리하는 편이 아니라서 그걸 기다리고 있는 친구를 보면 난 허둥지둥 요리를 엉망진창으로 할 게 눈에 보이기 때문이기도 하다. 아마 이래서 내가 조리사 자격증 시험에서 떨어졌는지도 모르겠다.

혼자 요리해서 먹으면 실패해도 괜찮았다. '오늘은 간이 좀 싱겁게 되었네, 아니면 좀 탔네! 다음에는 좀 더 개선해 봐야지.' 하면서 창밖을 바라보며 밥을 먹는다. 먹으면서 '완벽하지 않아서 집밥이 아닌가?' 하는 생각에 슬며시 웃는다.

어렸을 때는 조리사 자격증 시험에서 10번 넘게 떨어진 게 그렇게 슬프고 창피했는데, 그 덕분에 혼자 살면서 맛있는 요리를 웬만하게 할 수 있게 되었으니 헛되지 않았다고 생각하게 되었다. 요리 실력이 좋으면 더 즐겁게 혼자 살 수 있다.

혼자서 맞이하는 즐거운 홈 크리스마스

경기도로 이사 온 첫해 크리스마스, 사람 무리 속에서 어색함을 참지 못하고 친구가 싸 준 뱅쇼만을 들고 처량하게 집으로 돌아왔다. 그 후로도 매년 절망 속에서 외롭게만 크리스마스를 보낼 줄 알았는데, 다행히 이사 오고 2년 정도 지나니 혼자서 즐거운 크리스마스를 보낼 수 있게 되었다.

2021년 크리스마스가 다가올 때쯤 나는 '크리스마스에 무엇을 할까' 하고 거실에 벌러덩 누워 곰곰이 고민했다. 그러다 넓은 거실을 멍하니 바라보며 번뜩 생각이 났다. '이번에 큰 트리를 사 볼까? 이제 우리 집에 큰 트리를 놓을 수 있잖아?'

그전에 살았던 서울 빌라는 12평 남짓했기 때문에 손바닥만 한 트리로 겨우 크리스마스 분위기를 낼 수 있었다. 나는 유난히 거실이 넓은 지금 집에 아주 크고 화려한 트리를 두고 싶었다. 그러면 크리스마스에 조금이나마 덜 외로울 것 같았다. 나는 황급히 차를 타고 고속버스터미널로 향했다.

고속버스터미널 상가는 화려한 크리스마스 장식품들과 트리들로 번쩍번쩍 빛이 나고 있었다. 진열된 여러 트리를 찬찬히 구경하며 고심하면서 고르는데 생각보다 꽤 비쌌다. 내가 사고 싶어 하는 트리가 20만 원에 육박해서 그냥 내년에 살까 잠시 흔들렸다. 그래도 올해만큼은 크리스마스를 행복하게 지내고 싶었다. '그래, 30년 동안 쓰면 되지 뭐.' 하고 나는 트리를 덜컥 구매하고 귀엽고 화려한 장식품을 잔뜩 샀더니 30만 원이나 넘게 썼다. 30만 원을 크리스마스 트리에 투자한 나는 가슴이 콩닥콩닥했지만 그간 크리스마스를 우울하게 보낸 시간들에 대한 보상이라고 생각하며 애써 자기 합리화를 했다.

집에 와서 트리의 가지들을 하나하나 펼치고 반짝반짝한 오브제를 한두 개씩 달았다. 역시 돈을 투자한 만큼 트리는 아주 화려하고 반짝반짝했다. 화려하게 빛이 나는 크리스마스 트리를 소파에 누워서 가만히 보고 있으니, 재작년의 슬펐던 크리스마스가 떠올랐다.

2년 동안 나는 많은 변화를 겪었고 성장을 해 왔던 게 주마등처럼 스쳐 지나갔다. 힘들고 외로웠던 시간을 지나서 30여 년 만에 이제야 크리스마스를 온전히 즐기게 된 셈이다. 비록 혼자였지만, 혼자여도 괜찮았다. 전에는 혼자든 누구와 함께하든 늘 쓸쓸했는데 지금은 그렇지 않았다. 마음 한편이 아프긴 했지만 기뻤다.

크리스마스 당일에는 집에서 크리스마스 캐럴을 들으며 온종일 뜨개질했다. 창가 앞에서 뜨개질하다가 해 지는 저녁 풍경을 바라보며 저녁은 무엇을 먹을까 고민했다. 크리스마스라서 특별한 분위기를 내고 싶어 음식 재료가 뭐가 있는지 냉장고를 뒤적거렸다. 마침 세일할 때 쟁여 둔 하몽과 치즈가 눈에 띄어서 피자를 만들어 보기로 했다. 밀가루를 반죽하고 발효하고 밀대로 반죽을 밀고 그 위에 내가 좋아하는 야채와 여러 재료들을 듬뿍 토핑했다. 처음 만들어 봤지만, 오븐에 구우니 치즈가 노릇노릇하게 잘 익고 햄도 가득한 제법 그럴싸한 피자가 만들어졌다.

집에 있는 작은 조명들을 켰다. 초도 켜고 식탁에 피자와 맥주를 정갈하게 세팅했다. 옆에는 트리가 화려하게 반짝이고 있었다. 영화 〈러브 액츄얼리〉를 보며 피자를 한입 먹고 맥주를 마시니 혼자여도 제법 만족스러운 크리스마스를 보내고 있는 것 같아서 마음이 따끈해졌다.

의자에 걸터앉아 얼굴이 빨개진 채로 맥주 한 모금을 하고 '크으으으으 좋다!'를 연신 외치며 신이 난 채로 있다가 유부와 하루에게도 간식을 주며 말했다.

"유부, 하루야, 간식 많이 먹어. 메리 크리스마스야!"

그리고 맛있게 간식을 먹는 유부와 하루의 머리를 쓰다듬었다. 그러고 나선 맥주 캔을 들고 캐럴에 맞춰서 혼자 거실에서 어깨를 들썩이며 춤을 췄다. 아무도 모르게 집에서 혼자만의 크리스마스 파티를 즐겼다.

화려하거나 소란스럽지는 않지만 평온하고 아무 슬픔이 없었던 크리스마스였다. 그 이후로는 나는 크리스마스에 외로울까 봐 두렵지 않았다. 오히려 11월쯤부터 크리스마스를 기다리며 트리를 꺼낸다. 매년 크리스마스 날에는 〈러브 액츄얼리〉를 틀어 놓고 피자를 만드는 나만의 재밌는 연례행사가 펼쳐졌다.

크리스마스 날 식어 버린 뱅쇼를 들고 혼자 처량하게 집으로 돌아왔던 나는 더는 없었다.

우리 집 가전제품 이야기

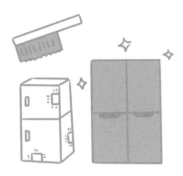

"희정 님은 가족이랑 같이 사세요?"

회사에 입사한 지 별로 안 된 막내 팀원이 물었다.

"아, 저는 김포에서 혼자 살고 있어요."

"그럼, 자취하시는 거예요?"

그 말에 나는 잠시 멈칫했다. 혼자 산 지 15년, 나이는 30대 후반이고 제법 살림도 갖추고 살고 있는데 나는 아직 '자취'를 하는 걸까? 이 정도면 독립이라는 말이 더 어울리지 않을까?

"네. 그렇죠 뭐~!"

하지만 이렇게 대충 넘겨 버렸다. 나이가 나보다 어린 친구라 그 나이대에는 자취라는 단어를 더 많이 쓰겠지 생각하고 말았다. 사실, 나는 '자취'라는 단어는 굉장히 임시적인 느낌이 들어서 별로 좋아하지 않는다. 그러다 나에게 '자취'는 언제까지였을까 문득 궁금해졌다.

'정희정, 제대로 독립했네.'라는 생각이 들었을 때는 아파트에 이사 오고 가전제품을 일반 가정처럼 거의 다 갖춰 놨을 때인 것 같다. 혼자 살면서 나는 생활가전을 좋아하게 되었다. 집안일을 혼자 다 하기에는 버거웠고, 나는 잘 어지르고 정리를 잘하지 못하는 사람이었다. 하지만 또 깨끗하게 정돈된 집을 갈망했다. 그래서 집안일을 도와주는 생활가전에 눈이 많이 갔다.

방배동에 살 때 결혼한 친구들이 부러웠던 적이 있는데 신혼살림 때문이었다. 결혼을 계기로 건조기, 양문형 냉장고, 세탁기 등등 좋은 가전제품을 한꺼번에 들이는 게 부러웠다. 혼자 살면 살림을 한꺼번에 들일 기회도 잘 없고, 혼자 사는데 너무 좋은 제품이 필요할까 하는 생각도 들었다. 250리터 냉장고, 통돌이 세탁기, 엄마가 준 아주 낡은 전자레인지, 내가 살기 전 집주인이 놓고 간 가스레인지를 바라보며 나는 언제 좋은 가전제품을 쓸 수 있을까 하는 생각이 들었다.

'나중에 결혼할지도 모르잖아?' 하는 생각으로 좋은 가전제품을 장만하는 걸 미루고 있던 건 아니었다. 가진 돈도 별로 없었고 예전에 살던 12평짜리 공간은 대형 가전제품을 놓기에는 턱없이 좁았다. 한번은 사무실에서 사용했던 양문형 냉장고를 직원에게 저렴하게 판다는 공지가 떴다. 당시 250리터 냉장고를 가지고 있었던 나는 기회다 싶어서 바로 신청했다.

그리고 집에 돌아와서 양문형 냉장고 크기를 가늠해서 거실 바닥을 재 보니 그 냉장고가 들어오면 우리 집 주방 수납장 문을 못 열 것 같았다. 결국 집이 좁은 걸 한탄하며 회사 양문형 냉장고를 포기해야 했다.

그러다 아파트로 이사 오게 되었고, 웬만한 가전제품은 넣을 수 있는 공간이 허락되었다. 하지만 이사 오면서 전 세입자 보증금을 빼 주느라 돈을 탈탈 털었기 때문에 모든 가전제품을 한꺼번에 살 돈이 없었다. 고민 끝에 나는 1년에 한 번씩 제대로 된 가전제품을 들이기로 계획을 세웠다.

첫해에는 에어컨과 건조기를 구매했고 두 번째 해에는 냉장고를, 그다음 해에는 식기세척기, 이런 식으로 살림을 하나씩 갖춰 나갔다. 그중 가장 기억에 남는 건 냉장고였다. 사실 회사에 매일 출근할 때만 해도 요리를 잘 하지 않았기 때문에 양문형 냉장고를 가지고 싶은 마음이 사그라들었다. 250리터 냉장고도 뭐 괜찮지 않나 싶었다. 비록 음식을 많이 넣으면 얼어 버리긴 하지만 급하지는 않은 마음이었다. 하지만 재택근무를 하고 집밥을 많이 만들어 먹으면서 점점 250리터 냉장고가 불편하고 못나보이기 시작했다. 냉동실 공간이 부족해서 음식이 우르르 쏟아져 나오는 게 일상이고, 거실에 누워 있으면 냉장고가 '우아앙!' 소리를 지르듯이 소음을 냈다. 냉장고 음식이 얼어 버리는 것도 슬슬 짜증이 났다.

사실 그해는 TV를 바꾸려고 했는데, 결국 냉장고를 바꾸기로 계획을 변경해 버렸다. 거의 9년 만에 바꾸는 냉장고라 최선을 다해 알아봤다. 가전제품을 구매할 때에는 알아보는 나만의 순서가 따로 있다. 처음에는 유튜브로 리뷰 영상을 보고, 쇼핑몰 리뷰도 찬찬히 다 훑어본 다음에 실물을 보러 매장으로 간다. 매장 점원이 알려 주는 가전제품 정보도 꽤 쏠쏠하다. 그러고 나서 제품 모델을 골라 오프라인과 온라인 둘 다 가격 비교하고 대부분 온라인으로 할인받아서 주문한다. 거기에 더해 유명 브랜드 제품을 구매할 때는 해당 인증 마크가 있는 곳에서 구매한다. 인증이 없고 가격이 훨씬 저렴한 곳도 있지만 혹여나 설치하다가 파손되거나 제품에 하자가 있을 때 인증 없는 곳은 깔끔하게 처리해 주는 보증 서비스가 없기 때문이다. 그렇게 나는 880리터짜리 양문형 냉장고를 구매했다.

냉장고 하나 바꾸는 건데 왜 이렇게 기분이 좋고 설레던지. 밀폐용기도 새로 바꾸고, 이미 냉장고 구매 계약을 끝냈지만, 지나가다 가전제품 매장이 보이면 들러서 내가 산 냉장고 모델을 한 번 더 보고 만져 봤다. 새 냉장고가 우리 집에 들어온 날, 주방 냉장고 자리가 양문형 냉장고로 틈 없이 딱 맞게 차는 걸 보자, 나는 더 이상 자취가 아닌 독립한 사람이라고 느껴졌다.

큰 냉장고를 나 혼자 쓸 수 있다는 쾌감도 좋았다. 오른쪽 수납 칸에는 내가 좋아하는 음료수를 채우고, 왼쪽에는 각종 소스 통을 채우고, 냉장고 칸 칸마다 새로 장만한 밀폐용기로 음식과 재료들을 정갈하게 정리했다. 엄마가 반찬을 담아 오는 빨간 젓갈 플라스틱 통은 절대 냉장고에 넣지 말라며 엄마에게 신신당부할 정도로 냉장고를 아꼈다. 빨간 젓갈 플라스틱 통은 얼마 지나지 않아 결국 들어갔지만…….

그 이후로도 식기세척기, 로봇 청소기, 최신형 드럼세탁기 등 매년 하나씩 가전제품을 들여놨다. 우리 집을 둘러보면 이제 제법 일반 가정집처럼 웬만한 건 다 갖춰졌다. 그러니 살림할 때도 전보다 훨씬 편하다. 어지간한 집안일은 거의 다 가전으로 시간을 많이 들이지 않고 해결할 수 있다. 빗자루로 자취를 시작했는데 참 많이 달라졌다.

누군가는 그런다. 혼자 사는데 뭘 그리 다 갖추고 사냐고. 그리고 '나중에 결혼하면 이 살림은 어쩌려고 그래?'라는 말을 들을 때가 있다. 어지간해서 결혼도 안 할 것 같지만, 결혼하게 된다면 그때 가서 생각해 보면 되지 않을까? 알 수 없는 미래를 위해 지금의 삶을 임시로 살고 싶지 않았다. 혼자 살아도 제대로 갖춘 삶을 살고 싶었다.

남자보다는 사람을 알고 싶어요

혼자 살기로 결심하고도 선을 안 본 건 아니었다. 선을 볼까, 말까 흔들리는 시기가 시시때때로 있었고 심심하기도 해서 엄마가 들고 온 선 자리를 덜컥 승낙한 적이 있었다. 불현듯 '그래. 누구라도 만나 보자.' 하는 마음이었다. 사실, 코로나19 시기라 집에만 있어서 사람이 좀 그리웠다. 엄마는 웬일로 네가 선을 보냐고 손뼉을 짝짝 치며 기뻐했다.

선볼 상대와 미리 핸드폰으로 연락을 주고받았지만, 딱히 기대감은 없었고, 예의상 설레는 척했다. 그렇게 연락을 주고받고 일주일 후 합정역에서 만났는데 둘이 보자마자 직감했다. 서로가 서로의 스타일이 아니란 것을. 그래도 만남의 시간을 가져야 했기 때문에 나는 그냥 사회인 모드로 궁금하지 않은 것들을 물어보고 상대방도 그냥저냥 나에게 물어보는 시늉을 했다. 둘이 영혼 없는 대화를 나눴다.

사실, 나는 상대방이 내 스타일은 아니었지만, 오랜만에 밖에 나온 것도 좋았고 외식도 오랜만이라 '밥이나 맛있게 먹고 들어가자.' 하는 마음이었다. 선본 사람이 마음에 들었으면 긴장해서 밥도 잘 안 넘어갔을 텐데, 내 스타일이 아니라고 생각하니 맛난 파스타가 꿀떡꿀떡 잘 넘어갔다.

식사를 마친 후 커피를 마시고 우리는 헤어졌다. 자리를 정리하며 상대방이 말했다.

"나중에 또 연락할게요……. 근데 제가 요새 좀 바빠서……."

"아……. 네! 나중에 편하실 때 연락하세요."

나 또한 연락하지 않을 걸 알면서 예의상 인사를 했다. 뭐랄까? 그래도 나는 내가 좀 변한 기분이었다. 전에는 상대방이 내 맘에 들지 않더라도 내가 밉보일까 봐 옷을 사고 머리를 하고 밥을 조신하게 먹으면서 긴장하고 많이 신경을 썼는데 김포에서 혼자 긴 시간을 보내면서 많이 덤덤해졌다. 서로가 맘에 들면 맘에 드는 거고 별로면 어쩔 수 없는 거지. '나도 니 별로다 뭐.' 하면서. 그래도 '최소한의 예의는 차리고 만나자.' 정도로 바뀌었다.

엄마는 내가 선을 한 번 보고 나니 그 이후로 가끔 선 자리를 마련해 나에게 전화했다.

"희정아, 대기업 다니고 돈도 잘 모으고 성실한 사람이래. 한번 만나 볼래?"

이미 한 번 선을 보고 심드렁해진 나는 소파에 누워 다리를 까닥까닥하며 엄마의 선 자리 이야기를 대충 흘려들으며 TV를 봤다.

"돈 잘 모으고 성실하면 괜찮은 사람이네. 난 돈 하나도 못 모았는데…… 열심히 사시라고 전해 줘."

"야! 이럴 거야?"

"아휴, 안 만나. 귀찮아."

그러다 잊을 만할 때쯤 엄마는 또 선 자리를 준비해 나에게 전화를 했다.

"부동산 중개사인데, 서울에 자기 명의로 된 집도 있고, 사람도 괜찮은가 봐. 한번 만나 볼래?"

"그래? 선은 둘째치고 부동산업에 대해서 이것저것 알려 줄 수 있다면 만나 보고 싶은데. 나 부동산에 완전

관심 많아."

내 대답을 듣고 엄마는 전화를 끊어 버렸다.

그러다가 또 한 번 전화가 왔다.

"작년에 내가 너 선 자리 알아 본 사람 있잖니. 아직 결혼을 안 했다고 하더라. 엄마는 이것도 인연인가 싶어. 올해 한번 만나 볼래?"

"글쎄. 내가 보기에는 안 이어질 인연 같아 보이는데…….. 왜냐하면 나는 안 나갈 거니까! 하하하!"

엄마는 성을 내며 또 전화를 끊었다.

엄마도 결혼을 꼭 하라고 나에게 잔소리하는 편은 아니었지만, 서른다섯 살의 내가 결혼에 대해 고민을 한 것처럼 엄마도 내가 결혼하는 게 좋을지, 안 좋을지 갈팡질팡했던 시기가 있었다.

그런 시기가 지나고 엄마도 어느새 그냥 풀썩 자리에 앉아 버리듯이 포기했다.

"그래 혼자 살아라! 그것도 괜찮아."

사실, 엄마가 선 자리에 나가 보라고 했을 때 나도 전혀 마음이 없던 것은 아니었다. 상대방이 대기업을 어떻게 가게 되었는지, 부동산업은 어떻게 돌아가는지, 각각 왜 결혼은 아직 안 했는지 등 어떤 삶을 살아왔는지 사람 자체가 궁금했기 때문이다. 엄마는 궁금증만으로도 만나볼 수 있다고 했지만 나는 예의가 아니라 생각해 그만두었다.

소위 결혼 적령기가 지나가니 나는 제법 능구렁이가 되었다. 30대 초중반 때는 나도 결혼을 못 하는 게 불안했고 주변에서 들려오는 '결혼 언제 할래? 남자친구는 있니?'라는 말이 가슴에 바늘이 닿은 듯 거슬리고 신경 쓰였다. 늘 그 질문에 어떤 대답을 해야 할지 몰라 어정쩡하게 대답을 대충 하고는 황급히 다른 얘기로 화제를 돌렸다.

이제는 '결혼 안 할 거야?'라는 질문도 사그라들었다. 나이를 먹으니 나의 결혼에 대해 사람들이 함구하는 점이 좋았다. 초등학교 때부터 다닌 한의원에 갔는데 나를 옛날부터 아시는 간호사분이 씨익 웃으면서 물었다.

"좋은 소식 없어요?"

"좋은 소식이요……? 아~ 결혼 안 했어요."

대답하고는 곰곰이 생각해 보니 매번 갈 때마다 나의 결혼을 궁금해하시길래 이제 마침표를 찍어야겠다 싶어서 다시 대답했다.

"아마 앞으로도 결혼은 안 할 것 같아요."

의사 선생님도 맥을 짚으면서 씩 웃으며 물었다.

"좋은 소식 없어요?"

"좋은 소식……. 있어요! 혼자 살면서 재밌게 사는 법을 찾은 것 같아요!"

어느덧 결혼에 대한 질문에 더 이상 스트레스 받지 않고, 가볍게 넘기는 나이가 되었다. 지금은 연애를 위해 사람을 만나는 것보다는 다양한 사람들의 삶이 궁금하다. 나는 이러한 인생을 살아왔는데 당신은 어떠한 인생을 살아왔습니까? 그런 인생 이야기를 하면서 만나는 자리는 없을까?

더 이상 이사 다니지 않아도 되는 집

"너는 엄마가 사는 방향으로 매일 절해야 해."

내가 김포 아파트로 이사 오고 나서 친구 재선이가 나한테 자주 하는 말이다. 맞는 말이다. 나는 엄마가 사는 방향으로 매일 절을 해도 모자란다. 엄마 덕분에 스물일곱 살에 내 집을 마련할 수 있었으니 말이다. 엄마가 없었다면, 나는 여전히 월세방을 전전하며 손가락만 쪽쪽 빨고 있을지도 모른다. 지금 집을 사는 건 집값이 너무 올라서 혼자만의 재력으로는 불가능했을 것이다. 스물일곱 살 때 뭣도 모르고 덜컥 김포에 집을 사 버린 게 지금의 나에게 아주 큰 선물이었다.

당시 내 주변에서 여자 혼자 집을 사는 일은 드물었다. 내가 김포 집을 매입했다고 얘기했을 때 '지금 집을 샀다고? 집값 아마 떨어질 텐데……' 하는 반응이 가장 많았다.

　10년도 더 지난 일이라 정확히 기억은 안 나지만 그때 나는 집값은 크게 상관이 없었다. 어차피 투자 목적이 아니라 내가 머무르고 싶은 집이라 매입했던 것이라서. 하지만 지금 생각해 보면 정말 용감하고 맹랑했다. 지금의 난 그런 용기를 못 낸다. 그리고 엄마가 부동산 투자를 오랫동안 해 왔던 걸 꾸준히 봐 왔고, 엄청난 대박을 터트린 건 아니지만 그래도 엄마는 생각보다 부동산 촉이 좋았다. 나는 그 촉을 믿었다.

　또한 나에게도 부동산 운이 조금은 있는 듯했다. 김포 아파트를 매입한 것도 운이 좋았고, 사당동 살았을 때 집주인 아저씨가 월세를 마지막 1년 빼고는 단 한 번도 올리지 않았던 것도 운이 좋은 덕분이었다. 하지만 월세로 사는 동안 마음 한편이 불안했다. 잠들지 못할 때는 부동산 앱을 켜고 집을 알아봤다. 당시 내 보증금 2,000만 원, 월세 40만 원으로 갈 수 있는 곳은 반지하 아니면 지금 집보다 상황이 더 안 좋은 집밖에 없었다. 그래서 사당동에 살 때는 그저 집주인 아저씨가 월세를 계속 안 올리기만을 염원하는 방법밖에 없었다.

그러다 김포로 이사 왔을 때 처음 고향을 떠나서 경기도를 온 것이니 '내 집이다!' 하고 마냥 기쁜 것보다는 나는 돈이 없어서 경기도로 퉁겨져 와 버린 걸까 하고 괜스레 우울했다.

그러다 김포로 이사 온 후로는 마음이 편해졌다. 더이상 이사 걱정, 월세 걱정을 하지 않아도 되었기 때문이다. 서울에서 멀리 떨어졌지만 누구 눈치 보지 않고 죽을 때까지 살 수 있는 공간을 얻었다는 생각에 우울감을 뺑차 버릴 수 있었다.

내 집이니까 내 맘대로 할 수 있었다. 못을 아무 데나 박을 수 있으니 TV를 벽걸이로도 설치할 수 있었다. 보일러가 고장 나면 그냥 내 돈으로 좋은 제품으로 바꿔도 되었고, 전등갓도 내가 원하는 디자인으로 눈치 안 보고 바꿀 수 있었다. 더 이상 우리 집을 고쳐 달라고 집주인을 기다리지 않아도 되었다.

또 고양이를 당당하게 키울 수 있어서 좋았다. 전에는 고양이 두 마리를 키울 수 있는지 꼭 확인하고 집을 알아봐야 했다. 가뜩이나 적은 보증금으로 집을 알아보는 것도 힘이 드는데 거기다가 반려동물을 키울 수 있는 조건까지 합치면 괜찮은 집을 알아보기에는 정말 하늘에서 별 따기였다. 하지만 내 집에 이사 온 날, 고양이가 든 케이지를 번쩍 들고 함박웃음을 지으며 현관문에 당당히 들어설 수 있었다.

만약 혼자 불안정하게 아직 월세나 전세를 살고 있었다면, 누군가와 같이 합쳐서 살아야 하지 않을까 라는 생각을 했을지도 모른다. 결혼에 또 흔들렸을 수도 있다. 주거가 안정돼 있으면 대부분 혼자 사는 데 만족한다는 뉴스를 봤다. 그 뉴스에 많은 공감을 했다. 나만 느낀 감정이 아니었다. 더 이상 타인의 의지로 이사를 다니지 않아도 되니 나 역시 혼자 살아도 괜찮다고 느끼게 되었다.

5장

나를 일으켜 준 인연들

덕질이 나를 성장시킨다

　유튜브에서 우연히 보게 된 영상이 있다. 활어처럼 날뛰는 고양이를 목욕시키면서 고통받는 집사 모습에 한참을 웃었다. 채널 이름은 'Arirang은 고양이들 내가 주인'이다. 처음에는 집사와 고양이가 투닥거리면서 고양이를 현실적으로 키우는 모습에 재밌어하다가, 어느새 정신을 차려 보니 집사의 개인 채널 〈남과 바다〉도 구독하게 되었다. 집사의 이름은 남기형, 직업은 배우였다. 개인 채널에서는 일상 브이로그를 볼 수 있고, 가끔 라이브 방송도 했다. 고양이랑만 투닥거리는 줄 알았는데, 라이브 방송에서 팬들과도 투닥거리는 모습이 웃겼다. 그런 모습이 재밌어서 꽤 좋아하는 채널이 되었다.

　그러다 2020년 가을에 남배우님이 〈일 없습니다〉라는 연극을 한다고 채널 커뮤니티에 글이 올라왔다. 원래

나라면 부끄러워서 가지 않았을 테지
만, 혼자만의 시간을 많이 보낸 덕
에 나만의 재밌는 놀이를 해 보
고 싶었다. 영상에서만 보던 인
물의 실물을 보는 일 자체가
신기할 것 같아서, '보러 가
볼까?'라는 생각이 들었다. 본
업이 배우라고 했으니 연기하는
모습도 궁금했다.

　　티켓을 예매하고 대학로에 가서 남기형 배우가 연기
하는 모습을 봤다, 연기하는 모습을 보니 연기를 참 잘했
다. 배우님이 자기는 연기를 잘한다고 늘 당당히 말했는
데, 근거 없는 말이 아니다 싶었다. 또 실물을 보니 영상
으로 본 것보다 매력이 더 확 와닿았다. 연극이 다 끝나고
바로 집에 가기에는 아쉬워서 먼발치에서 배우님이 퇴근
하는 모습을 바라보았다. 팬들에 둘러싸여 얘기를 시끌
시끌하게 나누고 같이 사진을 찍는 모습을 보면서 '나는
왜 다가가지도 못하고 이렇게 쭈글쭈글하게 멀리서 보고
만 있을까?' 하는 생각이 들자 재밌게 놀러 왔던 내 모습

이 갑자기 쓸쓸하게 느껴졌다.

집에 돌아와 제대로 인사도 못 나눈 걸 후회하며 나의 이 '찌질한' 모습을 고치고 싶었다. 나도 사진을 같이 찍고 싶었고, 다른 팬들처럼 선물도 하고 싶었다.

배우님 얼굴 모양으로 쿠키를 구워서 선물로 가져 갔다. 또다시 팬들에 둘러싸여 있는 배우님에게 용기 내 다가가 바들바들 떠는 손으로 수줍게 선물을 건네고, '사진……, 한 번만 같이 찍을 수 있나요?'라고 아주 어렵게 말을 꺼냈다. 배우님은 흔쾌히 같이 사진을 찍어 주었다.

너무 떨려서 내 얼굴은 완전 엉망으로 나왔지만. 그래도 함께 사진을 찍었다는 것에 만족했다.

쿠키 선물을 한 날 배우님은 라이브 방송을 켜고 팬들이 준 선물을 하나하나 일부러 자랑해 주었다. 그중에 내가 만든 쿠키도 나왔는데 '와 유튜브에 내가 만든 쿠키가 나오다니!' 마냥 신기했다. 배우님이 쿠키를 맛있게 먹어 주는 모습에 마음이 간질간질했다. 내가 만든 걸 누군가가 좋아해 주는 모습을 오랜만에 봤기 때문이었다. 그런 모습에 '내가 또 뭘 잘했지?' 하고 잘하는 것을 자꾸 뒤적뒤적 찾게 되었다.

배우님이 좋아해 주는 모습을 또 보고 싶어서 내가 만든 무언가를 또 선물하고 싶었다. 이번에는 뜨개질로 장갑을 만들었다. 처음이 어려웠지, 그 이후로 배우님이 행사하는 곳을 곧 잘 쫓아갔다. '어차피 나를 모를 거야.' 하는 마음도 있었다. 나는 배우님이 나오는 행사장에 갔다. 행사가 끝나고 나가는 길에 장갑을 선물로 내놓으며 '잘 봤습니다!' 하고 바로 가려고 했다. 그때 배우님이 말을 걸었다.

"이렇게 쿨하게 가세요?"

"네…? 네……."

난 당황해서 뭐라 해야 할지 몰라 후다닥 도망쳤다.

그 후로도 나는 계속 무언가 선물을 만들고 배우님이 하는 연극을 자주 보러 갔다. 양말을 커스터마이징 하기도 하고, 배우님 포스터를 재밌게 만들어 보기도 하고, 티셔츠를 제작하는 등 다양한 걸 창작해서 배우님에게 선물했다. 배우님을 핑계 삼아 계속 무언가를 만들고 싶었다. 선물을 하면서 서서히 내가 창작하는 일을 좋아했다는 걸 깨닫게 되었다. 다른 한편으로는 배우님이 다양하게 창작 활동을 하는 모습에 자극받으며 팬이 아니라 창작자로 같은 자리에 서 보고 싶었다. 그때쯤 '경기도에 혼자 삽니다'라는 에세이를 써 볼까 하는 생각이 들었다. 팬들에 둘러싸인 배우님을 바라보며 저 틈에서 내가 쓴 책을 배우님에게 선물하는 날이 왔으면 좋겠다는 막연한 꿈을 꾸게 되었다.

거의 1년간 동네에만 있다가 배우님를 따라다니면서 작은 도서관을 가 보기도 하고 시사회 행사장이나 여러 영화제에도 처음 가 보는 등 나는 다양한 곳을 가 보게 되었다. 배우님이 아니었으면 알지 못했을 세계였다. 처음에는 가볍게 시작했던 덕질이 나의 세계를 넓혀 주었고, 배우님에게 직접 만든 선물을 드리면서 나만의 창작 활동을 해 보고 싶다는 꿈을 꾸게 되었다. 그저 애정을 소소하게나마 표현하고 싶어 시작했던 수줍은 덕질이 나를 이렇게 성장시킬 줄은 꿈에도 몰랐다. 여전히 나는 남기형 배우님을 덕질하는 게 좋다.

글쓰기 선생님을 만나다

　'경기도에 혼자 삽니다'라는 에세이를 써 보고 싶었
는데 혼자서는 잘 안 쓸 것 같았다. 고민하다가 '마감이
있으면 어떻게든 쓰지 않을까?' 하는 마음으로 한겨레 교
육아카데미에서 진행하는 '에세이 쓰기' 강의를 가벼운
마음으로 신청했다.

　수업 첫날, 이남희 선생님을 처음 뵈었다. 선생님 첫
인상은 하얀 셔츠에 짧은 커트 머리, 그리고 담담한 표정
을 보니 마치 학교 선생님 같았다. 글쓰기 수업이라 조금
은 지루할 줄 알았는데 생각보다 수업이 아주 재밌었다.

이남희 선생님의 열정적인 강의가 마음에 와닿았고 새로운 분야에 대한 수업을 듣는 것도 재밌었다. 선생님의 첫 수업을 쭉 듣고 있으니 문득 겁이 났다. '내가 글을 쓰면 맞춤법이며 문장이며 다 이 잡듯이 잡힐 것 같은데……'

자신감은 없었지만, 선생님의 피드백을 빨리 받아 보고 싶어서 과제로 제시된 에세이 한 편을 얼른 썼다. 두 번째 수업 시간, 수강생들과 선생님 앞에서 내 글을 낭독했다. 첫 과제를 낭독하니 역시 글이 엉망이었다. 소리 내서 읽으니, 같은 단어가 반복되고 문장이 너무 길고, 글 자체도 긴 점이 두드러지게 느껴졌다. 선생님이 첨삭을 통해 내 엉망인 글을 수정하고 보완해 주었다. '역시 내 글은 망나니 글이구나……' 하고 의기소침해하고 있는데 마지막에 선생님이 그려 준 별 하나와 '재밌네요.'라는 코멘트가 있었다. 슬며시 미소가 새어 나왔고 더 잘해 보고 싶다는 생각이 들었다.

나는 조용히 수업을 재밌게 들었다. 선생님은 수업 시간 동안 다양한 예술적 지식을 이야기해 주었고, 수업 시간이 지났는데도 한 명 한 명 진심 어린 피드백을 해 주었다. 어느새 나는 글쓰기 수업에 진지해졌고 선생님이 첨삭해 준 내용을 보고 모르는 부분이 있으면 수업이 끝나고 달려가서 질문했다. 글쓰기가 점점 더 재밌어지면서 내가 재능이 있는지 궁금해졌다. 하지만 대놓고 '선생님, 제 글쓰기 실력은 어때요? 재능이 있나요?'라는 질문을 할 용기는 없었다. 나는 친근하게 다가가지 못하는 성격이고, 혹여나 실례가 될까 봐 쉽사리 물어보지 못했다. 꽤 오랫동안 혼자 속으로 고민만 했다.

그간 다녔던 디자인 학원이나 웹툰 학원에서는 우등생에 속한 편이었는데 글쓰기 학원에서는 열등생 같았다. 다른 학원에서와 달리 글쓰기 학원에서는 열심히는 했지만 아무것도 이뤄 내지 못한 기분이었다.

어느 날, 수업을 마치고 집에 가려고 주차장에서 차 열쇠를 찾던 중에 선생님이 나에게 먼저 말을 걸어왔다.

"뭐 하고 있어요?"

"아, 차 열쇠를 찾고 있어요."

나는 열쇠를 찾으려고 가방에 손을 넣어 휘적이는 모습이 부끄러워 배시시 웃으면서 답했다. 그러자 선생님이 말했다.

"점심 같이 먹을래요?"

선생님이 같이 밥 먹자는 말에 놀랐지만, 일단은 바로 '네.'라고 대답했다. 학원 선생님과 밥을 같이 먹는 것은 처음이었다. 어쨌든 선생님과 단둘이 말할 기회가 생겼으니 나는 이때다 싶어서 선생님 수업을 아주 재밌게 잘 듣고 있었다고 허겁지겁 감사 인사를 했다. 그리고 말했다.

"별 하나를 그림으로 그리는 건 쉬운데, 글로 별을 그리는 건 계속 선을 덧대는 것 같아 어려워요."

"어머 표현이 너무 좋네. 전 처음부터 희정 씨 글 좋고 재밌었어요. 물론 문장은 왜 이럴까 하는 부분도 있었지만요. 제가 보장은 못하지만 보증은 할 수 있어요. 희정 씨는 필사를 열심히 하면 책을 낼 수 있을 거예요."

선생님 말에 나는 눈물이 왈칵 나올 것 같았다. 담담하고 조용히 글쓰기 수업을 들었지만, 사실 마음속에서는 내 재능에 대해 수없이 의심하고 고민하고 있었기 때문이었다. 조심스레 '이 정도라면……, 이런 얘기를 들었다면……, 나도 글을 쓰고 이야기를 만들어 봐도 되지 않을까?'라는 생각이 들었다.

오래전에 다녔던 웹툰 학원 선생님이 '희정 씨는 이 학원이 아니더라도 어디선가 데뷔했을 거예요.'라는 말에 한번 도전을 해 보려고 했지만, 본업을 제쳐 두고 뛰어들기에는 나에 대한 확신이 부족했다. 당시 나는 지레 겁을 먹고 현실에 안주하기로 했다. 언제나 난 나에 대해 자신감이 없었다. 늘 주저했고, 망설였다. 앞으로 나가 볼 용기가 없었다.

그런 나에게 선생님의 칭찬 한마디가 내 마음을 요동치게 했다. 선생님은 알았을까? 그 말 한마디가 나에게 얼마나 큰 힘이 되었는지를! 지난날 자신 없고 쭈그러져 있던 내가 반듯하게 펴진 기분이었다.

수업이 끝나고 나서도 선생님과의 인연은 계속 이어졌다. 선생님은 나에게 매일 시를 보내 주었다. 나도 선생님에게 뭐라도 조금씩 이야기하기 위해 글을 쓰거나 만화를 그렸다. 한 사람의 작은 응원은 때로는 누군가의 인생에 큰 울림이 되기도 한다는 걸 선생님을 통해 알았다. 그래서 난 그 작은 응원을 참 좋아한다.

여전히, 이 글을 쓰고 있는 오늘도 선생님은 시를 보내 준다.

다정한 청소 도우미분

　　나는 청소를 잘하지 못한다. 선천적으로 큰 재능이 없다. 청소를 잘하고 싶은 욕심이 있어서 청소 관련 제품들을 많이 샀지만 결국 구매만 했지 정작 사용을 하지는 않았다.

　　그런데도 깨끗한 공간을 갈망하다가 결국 해결 방안으로 청소 도우미분을 만나 보기로 했다. 한번은 청소를 정말 아주 잘하는 도우미분을 만났다.

　　이후 더 이상 집안일에 크게 신경 쓰지 않아도 되겠다 싶었는데 어느 날, 도우미분이 일을 그만두었다. 사실, 동물을 무서워했는데 우리 집 고양이들이 쳐다보는 게 아무래도 너무 무섭다는 것이었다. 정말 마음 편히 집안일을 맡겼던 터라 그만두신다니 싱숭생숭했다.

　　그렇게 몇 달이 흘렀을까, 회사 일로 너무 바빠 도저

히 집안을 챙길 시간이 없어서 비정 기로 청소 도우미를 신청했다. 새로 일을 하게 될 도우미분과 인사 하면서 눈이 마주쳤는데 선한 눈매를 가지고 있었다. 그리고 바로 '저기 곰팡이가 있네요?'라 며 가방에서 약품을 꺼내 곰팡이

가 핀 부분에 약을 뿌렸다. 일을 참 잘하시는 분이다 싶어 마음을 놓았는데 더 놀라운 일이 있었다. 우리 집 고양이 하루가 처음 보는 사람이 있는데도 거실에 아무렇지 않게 나와 있었다. 하루는 겁이 많기 때문에 낯선 사람이 오면 아니, 나 빼고는 아무에게도 얼굴을 거의 보여 주는 법이 없다. 그런데 처음 본 도우미분 옆에서 천연덕스럽게 밥을 먹고 유유자적하게 돌아다니니 기적과 같은 일이었다. 나는 도우미분을 만난 지 30분 만에 반해 버렸다.

나는 도우미분에게 집을 맡기고 허산으로 향했다. 산을 오르면서 도우미분이 계속 생각났다. 청소하는 모습을 조금밖에 못 봤지만, 집안일을 깔끔하게 잘할 것 같고 일단 하루가 스트레스를 받지 않는 듯해 꼭 붙잡아야

할 것 같았다. 서둘러 집에 들어갔는데 역시 집은 반짝반짝 광이 났다. 도우미분은 비정기로 일해 주기로 했는데도 불구하고, 가스레인지 후드까지 닦아 주고, 청소기 먼지 통도 싹싹 비워 줬다. 사실 이렇게까지 세세하게 일해 주는 분은 드물었다. 청소에 다정함이 묻어났다.

나는 바로 말했다.

"혹시 우리 집에서 정기적으로 일하실 수 있으실까요? 일도 정말 잘해 주시고 무엇보다 우리 집 고양이가 전혀 불편해하지 않아서요."

"그럴까요? 원래 저도 비정기로는 일을 잘 안 하지만 주말에 시간이 남아서 한번 신청해 본 건데 좋은 분 만나니까 저도 기분이 좋네요."

승낙을 해 준 도우미분 앞에서 나는 신이 나서 방방 뛰었다. 만난 지 얼마 안 되었지만, 나는 도우미분이 무척 마음에 들었다.

그렇게 다음 주에 도우미분을 또 볼 수 있다고 생각했는데 청소 회사에서 전화가 왔다. 도우미분이 상을 당해 당분간 일을 못 한다고 말이다. 아드님이 급작스레 세상을 떠났다고 했다.

소식을 들은 나는 뭐라 말할 수 없는 참담한 마음이었다. 아주머니를 안 시간은 4시간뿐이었는데, 이렇게 크나큰 아픈 소식을 전해 듣다니. 마음이 너무나 아팠다.

그렇게 한 달이 지나는 동안 나는 다른 도우미분을 부르지 않고 그냥 혼자 열심히 청소했다. 어느 날 잔뜩 쌓여 있는 그릇을 설거지하고, 냉장고 정리도 하고 집안일을 다 하고 나서야 한숨 놓으며 유부를 드는 순간, 허리를 삐끗해 버렸다. 아마 무리해서 집안일을 하다가 고양이를 드는 순간 허리가 나간 것 같았다. 결국 검사를 위해 병원에 하루 입원했다. 하지만 병원에 입원해서도 회사 일을 처리해야 했다. 코로나19로 인해 보호자도 못 오니 접수, 입원, 퇴원, 회사일 등 여러 가지를 혼자 알아서 처리해야 했다.

퇴원하고 집에 와서도 허리가 계속 아파서 바지조차 제대로 못 입는 상태였다. 아픈 상태로 회사 일을 하고 고양이를 챙기고 집안일을 하니 외로워졌다. 문득 도우미분이 생각났다. 생각난 김에 청소 회사에 연락해 보니 그 도우미분이 요즘 다시 일을 시작하셨다고 했다.

"그러면 혹시 우리 집 일도 다시 시작하실 수 있으신

지 한번 여쭤보시고 가능하시면 저한테 전화 좀 달라고 얘기해 주세요."

한 번밖에 만나 보지 않아서 과연 이 인연이 이어질까 싶었지만 그래도 한 번은 연락해 보자는 마음이었다. 조금 지나 도우미분한테서 전화가 왔다.

"저 기억하세요? 그 고양이 2마리 키우는 집인데요. 주말에 한 번 일하러 오셨었는데……."

"아아, 기억나요. 제가 일이 좀 있었어요."

애써 물어보지 않으려 했지만, 도우미분은 그간 있었던 일을 이야기해 주었다. 뭐라고 위로를 드려야 할지, 나는 아무 말도 하지 못했다. 도우미분은 집에서 우두커니 있는 것보다는 일을 하는 게 마음이 더 나을 것 같아서 다시 청소를 시작했단다. 나는 통화를 하며 눈물을 흘릴 수밖에 없었다. 인연의 깊이는 시간과 비례하지 않는다는 걸 그때 알았다.

도우미분은 다시 우리 집에 왔다. 말끔한 집이 나에게 많은 위로가 되었다. 항상 혼자서 모든 집안일을 다 해야 했는데 누군가 건네주는 도움의 손길이 닿는 것만으로도 마음에 위안이 되었다. 그 후로 도우미분은 꾸준히 우리 집에 와서 청소를 해 주었고, 나와 도우미분은 점점 각별한 사이가 되었다. 우리 집에 필요하지 않은 물건을 도우미분과 나누기도 하고 식재료를 많이 산 게 있으면 같이 나눠 먹었다.

도우미분이 우리 집에 오는 아침 일상을 나는 참 좋아했다. 도우미분이 현관문 열고 들어오는 소리에 나는 부스스 일어나 잠옷 바람으로 도우미분을 맞이했다. 도우미분은 늘 따뜻한 음식을 만들어 가지고 왔다. 나는 헤헤 웃으며 그 자리에서 바로 먹으며 '맛이 진짜 짱이에요!'라고 발을 동동거렸다. 그말에 도우미분은 내가 맛있게 먹어 주는 모습에 기분이 좋다고 하며 웃었다. 그러면서 우리는 실없는 일상 이야기를 나누며 친구처럼, 때론 모녀처럼 우리 집에서 추억을 쌓아 갔다.

그렇게 지내면서도 나는 마음의 준비는 하고 있었다. 언젠가 이 인연도 희미해지는 날이 올 것을 알았기 때문이다. 그때 후회하지 않게 지금 인연을 맺고 있는 동안 아주 소중히 다정하게 다뤄야지 생각했다. 그분의 따뜻한 정과 다정함을 받으면서 나도 그분처럼 따뜻한 사람으로 늙어 가고 싶은 소박한 꿈을 꾸게 되었다.

나를 살아가게 해 주는
내 고양이들 유부, 하루

　　스물아홉 살, 신중에 신중을 기해 많이 고민하다가 고양이를 입양하게 되었다. 포털 사이트 유기묘 카페에서 절에 사는 치즈 고양이가 새끼를 낳아서 분양한다는 글을 보고 용인까지 가서 새끼 고양이를 데려왔다. 그게 바로 유부였다. 유부가 처음 우리 집에 오자마자 탐색을 하다가 바닥에 있는 먼지를 밟고 질색하며 발을 탈탈 털었던 게 기억난다. 지금도 유부는 깨끗한 공간을 좋아한다. 절에서 사람들과 함께 있어서 그런지 사람을 별로 무서워하지 않고 호기심이 많은 유부다.

　　하루는 아파트 지하에서 구조되어 분양한다는 글이 올라와 만나게 되었다. 하루의 턱시도 모양이 정말 예뻤다. 그래서 덜컥 데려왔는데, 유부와 다르게 아주 겁이 많은 고양이었다. 나에게 다가오지 않고 TV 선반 아래에서 일주일을 보냈다. 그래도 지금 생각해 보면 하루는 그렇게 겁이 많음에도 불구하고 완전히 꼭꼭 숨지는 않고 TV 선반 아래에서 내가 하는 행동을 다 관찰하고 있었다. 유부는 하루의 사정 따위는 상관치 않고 하루에게 장난을 걸었다. 하루는 나는 무서워했지만, 유부는 싫지 않은지 유부와 엎치락뒤치락하면서 잘 놀았다.

고양이를 키워 보지 않았던 나는 하루가 곁을 내주지 않자 이대로 영원히 곁을 내주지 않으면 어쩌지 하고 걱정을 많이 했다. 다행히 하루는 천천히 나에게 다가왔다. TV 선반에서 침대 옆으로 움직이기 시작했다. 그리고 내가 없는 침대에 올라와 있다가 내가 오면 비켰다. 그러다 2주 정도 지나서 하루는 침대에 누워 있는 나의 품에 쪼르르 와서 안겼다. 그때의 감격스러운 기분은 아직도 잊을 수 없다.

그렇게 우리는 가족이 되었다. 처음에 고양이를 데려온 이유는 계산 없는 사랑을 하고 싶어서였다. 사람에게 사랑을 주면 어쩔 수 없는 기대감도 생기고, 그 기대감에 못 미치면 실망하고 관계가 망가질 때도 있지만, 반려동물에게는 그런 기대 없이 사랑을 줄 수 있겠다고 믿었다. 그리고 그들의 무한한 사랑을 받는 것도 좋았다.

하지만 사랑만이 전부는 아니었다. 생각보다 고양이 두 마리를 키우는 건 어려웠다. 특히 하루는 겁도 많고 사람을 무서워하는데 잔병이 많았다. 어쩔 수 없이 병원을 많이 다녀야 했다. 병원에 갈 때마다 하루가 극도로 스트레스를 받는 모습에 내 마음이 너무 아팠다. 그때 느꼈다. 누군가와 함께 산다는 건 사랑뿐만 아니라 고난과 힘든 시기도 같이 겪어 나가는 거구나. 고양이가 아플 때도, 내가 힘들어서 애들을 잘 챙겨 주지 못할 때도, 우리는 서로 곁에 붙어 있었다. 유부와 하루에 대한 책임감은 같이 지낸 세월이 늘어날수록 커지고 무거워져 갔다.

어떤 면에서는 커진 책임감이 나를 살린 건지도 모른다. 경기도에 이사 오고 나서 1년 정도는 정말 죽고 싶을 만큼 힘들었다. 자살 충동이 심하게 오고 소파에 쭈그려 누워 벽만 바라보고 있는 시간이 길었다. 고양이를 챙기지를 못하는 미안함도 있었지만 내 인생 자체가 버거워 죽고 싶다는 생각만 했다. 그렇게 한참을 울다가 '내가 죽고 나면 쟤네들은 어쩌지?'라는 생각이 계속 밀려왔다. 이미 나이가 둘 다 일곱 살 정도 돼서 새로운 곳으로 입양도 잘 되지 않을 텐데, 그리고 상처 주고 싶지 않은데 내가 없어지면 하루와 유부가 슬퍼하지 않을까란 걱정이 들었다. 특히 하루가 눈에 많이 밟혔다. 나에게만 유일하게 마음을 열어 준 녀석인데 내가 없으면 하루는 어떡하지? 아무리 생각해도 이 두 고양이를 맡아 줄 만한 데가 없었다. 이 녀석들은 나와 있어야지 행복한 고양이들인데, 내가 죽으면 유부, 하루의 삶이 망가질 것 같다는 생각에, 그것은 막아야 한다는 책임감이 나의 자살 충동을 꾹꾹 막았다. 일단 살아야지 하면서 버텨 냈다. 이 녀석들의 세계에서는 내가 전부니까 말이다.

유부와 하루, 그리고 나만 알고 있는 우리만의 이야기들이 차곡차곡 쌓였다. 우리는 아무에게도 보여 주지 않은 서로의 힘든 모습을 날것으로 보여 주고 또 서로 이겨 내며 다시 웃는 날도 많았다. 서로를 많이 쓰다듬어 주었다.

윌 듀런트가 쓴 책 《내가 왜 계속 살아야 합니까》를 읽었는데 왜 살아야 하는지에 대한 질문에 세계의 지성 100인이 답을 하는 내용이다. 대부분 소중한 가족, 사람들 때문에 살아간다는 대답이 많았다. 책을 읽으면서 나는 죽을 수 없는 이유를 생각했다. 아무래도 유부, 하루

이 녀석들을 두고 떠날 수가 없었다. 이 녀석들이 생을 다하는 날까지 같이 함께해 주고 싶었다.

딱히 고양이들이 내가 힘들 때 위로해 주지는 않는다. 내가 힘든지 안 힘든지 모르는 것 같다. 다만 내가 고양이에게 위로받고 싶을 때 녀석들 엉덩이나 등에 얼굴을 파묻고 가만히 숨소리를 들으면 위로가 된다. 안는 걸 싫어하는 녀석들이지만 나는 애들을 꾹 한번 안아 버리고 발바닥 펀치를 한 대 맞는다. 그리고 밤에 침대에 누우면 어느새 둘이 침대 위로 올라와서 내 발밑에, 내 옆구리에 자리를 잡고 서로 몸을 기댄 채 잠을 잔다. 그 따뜻한 온도에 취해 내일을 살아갈 힘을 얻었고 지금도 얻는다.

내 삶을 늘 가장 응원해 주는 엄마

"엄마와 나는 친구로 만났으면 서로 안 친했을 거야."

나는 엄마한테 이런 말을 종종 했다. 엄마와 나는 많이 달랐다. 엄마는 젊은 시절에 대단했다. 공부를 워낙 잘해서 여자가 대학교에 가기 힘든 시절에도 엄마는 좋은 대학교를 졸업하고 사회에 나와서도 능력을 인정받았다. 하지만 오빠와 나를 낳고 우리를 돌봐 줄 사람이 없어 엄마는 일을 포기하고 아빠와 함께 방배문방구를 운영했다.

엄마는 모범생으로 인생을 살아왔기에, 자식들도 당

연히 공부를 잘할 거라고 생각했다. 하지만 아쉽게도 나는 공부를 잘하지 못했다. 만화와 그림 그리는 걸 좋아하고 동네 이곳저곳을 뛰어다니는 천방지축 아이였다. 나는 엄마에게 많이 혼났고 둘이서 많이 싸우기도 했다. 이런 나를 키우면서 엄마는 내가 공부 쪽은 아닌가 보다 하고 기대를 조금씩 접고 있었다.

중학생 때 요리 관련 만화책을 보고 감명을 받아 나는 요리사가 되고 싶다며 요리특목고에 지원했지만, 성적 때문에 떨어지고 말았다. 나는 포기하지 않고 상고에 들어가 내신 관리를 잘해서 요리 관련 대학교에 들어가겠다고 엄마에게 나의 전략을 얘기했다. 엄마는 내가 공부 쪽은 아닌 것 같으니 내 꿈을 펼쳐 보라며 상고에 들어가는 걸 허락해 주었다.

고등학교 때 한식 조리사 자격증을 따려고 요리 학원에 다녔는데 아이러니하게도 자격증 시험에는 계속 떨어지고, 고등학교에서 열리는 캐릭터 디자인 대회에서는 계속 상을 받았다. 나는 대학을 요리로 가야 할지 디자인으로 가야 할지 갈피를 못 잡고 있었다. 아니, 대학을 갈 수 있을지도 의문이었다.

엄마는 나의 그런 마음도 모르고 내가 계속 대회에 나가니까 '진로에 도움도 안 되는데 왜 계속 대회에 나가냐.', '이번에는 장려상밖에 못 받지 않았냐. 그럴 거면 빨리 대학이나 가게 공부나 하라.'고 했다. 나는 그런 엄마에게 대학교에서 열리는 디자인 대회에 한 번만 더 나가고 더는 대회에 나가지 않겠다고 했다. 대회에서 나는 동상을 받았고 그 대학교에 입학할 수 있는 자격을 얻었다. 상을 받고 나는 엄마에게 전화했다.

"엄마, 나 상 받아서 대학 붙었어."

엄마는 멋쩍어하면서도 무척 기뻐했다. 사실 그렇게 좋은 대학은 아니었는데, 엄마는 그간 내 행실을 보고는 대학에 들어갈 수나 있겠나 싶었나 보다. 그래서인지 기대 이상으로 너무 좋아해서 오히려 나는 자존심이 조금 상했다.

대학을 졸업하고 나는 공연기획사 디자이너로 들어갔다. 회사 생활이 생각보다 너무 힘들어서 엄마에게 그만두고 싶다고 하니 엄마는 그래도 좀 더 버티라며 길게 봐야 한다고 그만두고 싶어 하는 나를 말렸다. 엄마는 그간 문방구를 하고 공부방을 해 오면서 불안정하게 돈을 벌었던 게 힘들었기 때문에 자식들 만큼은 안정적으로 회사에 다니기를 바랐다.

하지만 어렸던 나는 엄마한테 '너무 힘들면 그만둬라.'라는 말이 듣고 싶었다. 엄마에게 그 말을 듣고 싶어 회사에서 힘들었던 일을 샅샅이 이야기했지만, 엄마는 끝내 그만두라는 얘기를 하지 않았다. 결국 난 엄마 말을 뒤로 한 채 회사를 그만둬 버렸다. 그만둔 나에게 엄마는 뭐라고 하지는 않았다. 그리고 내가 다시 취직할 때까지 묵묵히 기다려 주었다.

새로운 회사에 다니기 시작하고 3년이 지나자 나는 다시 이직을 하고 싶었다. 나이가 들기 시작하면서 더 이상 엄마에게 힘든 회사 생활을 얘기하지 않았다. 엄마가 걱정하는 것도 싫었고, 그럼에도 불구하고 '회사를 계속 다녀라.'라는 말도 듣기 싫었다. 나는 혼자 조용히 이직 준비를 하고 새로운 회사에 합격하면 그제야 엄마한테 전화해서 '엄마, 나 이직했어.'라고 결과만을 얘기했다. 마치 고등학교 때 대학교에 붙고 나서 엄마에게 얘기한 것처럼 말이다. 엄마는 내가 대학교에 붙었을 때처럼 많이 기뻐했다.

"우리 딸 뭐 먹고 싶어? 엄마가 반찬 해다 줄게! 제육 볶음? 계란말이?"

나는 내가 잘되면 엄마가 기뻐하는 모습이 좋아서 내 인생에 큰 변화가 생기면 제일 먼저 엄마에게 전화했다.

엄마의 영향을 받아서 결국 나도 쉽사리 회사를 휙 휙 그만두지 못하게 되었다. 웹툰 작가가 될 작은 기회가 생겨서 진지하게 회사를 그만두고 도전해 볼까 고민했지만 이미 난 충분히 겁쟁이였다. 결국 나는 웹툰 회사로 이 직한 걸로 만족하고 웹툰 작가의 꿈을 접었다.

그러다 이번에 글쓰기를 배우고 인스타툰을 그리며 새로운 꿈을 다시 꾸게 되었다. 조금씩 성과를 보일 때쯤 나는 엄마에게 10여 년간 하지 않은 질문을 또 했다.

"엄마 나 회사 그만두고 글 쓰는 거에 전념할까?"

진담 반 농담 반으로 질문을 던지니 엄마는 또 뜨뜻 미지근하게 대답을 망설였다. 나는 다시 확실한 대답이 듣고 싶어서 재차 물었다.

"엄마는 내가 글쓰기를 취미로만 했으면 좋겠어?"

그러자 엄마는 나지막하게 대답했다.

"응……."

나는 그 대답에 그동안 꾹꾹 눌러 담았던 서러움과 울분이 터져 나와 버렸다.

"내가 맨날 회사 때려치우지 못하고 이리저리 용기를 못 내는 게 엄마 때문이잖아. 한 번쯤은 그냥 해 보라고 하면 안 돼?"

난 전화를 끊고 엉엉 울었다. 엄마가 또 날 지지해 주지 않는 게 서른을 훌쩍 넘어서도 어린아이처럼 서러웠다. 나는 이미 어른이면서도 엄마한테서 '회사 그만둬.'라는 말이 왜 듣고 싶은 걸까?

엄마와 나는 장어집에서 서로 울면서 밥을 먹고 화해를 했다. 우리의 사이는 여전히 변함이 없다. 여전히 엄마는 나에게 '회사가 힘들면 그만둬.'라는 말을 안 한다. 나는 그런 엄마를 뒤로 한 채 내가 가고 싶은 길을 걸어가고 있다. 그러면 엄마는 어느새 내 길을 따라와 또 박수를 치며 기뻐하고 응원을 해 준다. 그리고 세상에서 가장 많은 사랑과 도움을 준다. 엄마는 어디서 이런 응원과 애정이 나오는 걸까 궁금해질 만큼 말이다. 정말 친구였으면 같이 안 놀았을 텐데, 엄마와 딸로 만나서 참 다행이지 싶다.

나의 이야기를 좋아해 주는 사람들

글쓰기 학원에 다니면서 나는 '글쓰기를 배우다'라는 제목으로 만화를 즉흥적으로 그려 인스타그램에 올리기 시작했다. 팔로워가 100명도 안 되는 계정이라, 부담 없이 글쓰기를 배우면서 생겼던 일화와 느꼈던 감정을 만화로 그렸는데 점차 보는 사람이 많아졌다.

구독자가 늘어나고 글쓰기 선생님과의 관계도 점점 가까워지면서 가볍게 시작한 만화가 조금씩 진지하고 따듯한 만화로 성장해 나갔다. 신기했다. 내 만화를 좋아해 주는 사람들이 있다니! 그 기대를 저버리고 싶지 않아서 재택근무가 끝나면 바로 만화를 그렸고, 회사에 출근하는 날은 퇴근 후에 회사 근처 카페에서 하염없이 만화를 그려 나갔다. 내 만화를 기다려 주는 사람이 있다는 것에 힘든 줄 모르고 만화를 계속 그렸더니 어느새 만화 <글쓰

기를 배우다>를 완성했다. 사람들의 응원과 관심은 나에게 아주 큰 힘이 되었다.

불과 몇 년 전까지만 해도 세상 속에 나를 드러내지 않았다. 그저 소파에 누워서 벽만 바라보며 죽고 싶다고 생각한 나였는데, 어느새 책상에 앉아 내 이야기를 그리고, 내 이야기를 좋아하는 사람들을 만났다니! 정말 세상은 오래 살고 볼 일이다. 나에게 이런 일이 있을 줄은 꿈에도 몰랐다.

그래서 나는 일상을 보내다가도 문득 마음이 벅차오르고 눈이 시큰거릴 때가 많았다. 언제 나에게 이렇게 좋은 사람들이 많이 모였지? 혼자였지만 혼자가 아니었다. 배우님을 알게 되고, 매일 시를 보내 주는 선생님을 만나고, 우리 집을 살펴주는 다정한 청소 도우미분을 만나고, 내 만화를 봐 주는 사람들을 알게 되고…… 여러 사람이 내 마음속에서 들끓었다.

이런 소소한 일이 그렇게까지 마음이 벅차오를 일이냐 할 수는 있지만, 나의 인생은 조금 슬펐고 내가 그동안 쓸쓸한 길을 걸어오고 있었기에 이런 인연들이 나에게는 눈부실 만큼 빛이 났고 따뜻했다.

한번은 내 인스타 계정으로 장문의 DM이 왔다. 문예창작과에 들어가는 예비 대학생인데 〈글쓰기를 배우다〉 만화를 보고 느꼈던 감정을 거침없이 써 내려 주었다. 내 만화를 보고 여러 깊은 생각을 해 주다니 놀라웠고 고마웠다. 게다가 글을 아주 잘 써서 내가 어떻게 답변을 해 줘야 할지 몰라서 당황스러웠다. 그날 하루 동안 소중히 DM을 여러 번 읽고 나도 진심을 꾹꾹 눌러 담아 장문의 답을 보냈다.

그러면서 나도 힘들고 고민이 많았을 때 용기 내서 남기형 배우님한테 장문으로 DM을 보냈던 것을 생각했다. 배우님에게 진심 어린 위로의 답을 받았는데, 나도 배우님과 같이 팬에게서 DM을 받아 보니 대답을 돌려주는 일이 얼마나 조심스럽고 어려운 일인지 조금 알게 되었다. 그리고 팬에게 받은 DM이 얼마나 소중한지도 말이다.

댓글로도 사람들이 '위로받았다.', '몽글몽글하다.', '나도 글쓰기를 해 보고 싶다.', '용기를 얻었다.' '이런 이야기를 들려줘서 감사하다.' 등의 말을 남겨 줬다. 내 만화에 대한 좋은 댓글을 써 준 걸 보고서 나는 고맙고, 또 고마웠다. 광장 한가운데에서 혼자 이야기하고 있었는데 어느새 사람들이 둘러앉아 내 이야기를 들으며 박수를 쳐 주고 재밌다고 따뜻하다고 이야기를 해 줘서 진심으로 감사했다.

아마 내 이야기를 들어주는 사람이 없었다면, 나는 또 포기하고 주저앉았을 거다. 들어주는 사람들이 있기에, 기다려 주는 사람들이 있기에 그 응원이 내 등을 밀어 줘서 계속 앞으로 걸어 나갈 수 있었다. 더 많은 이야기를 만들어서 들려주고 싶어졌다. 나도 누군가의 이야기에 위로받았듯이 내가 받았던 위로를 사람들에게 돌려주고 싶다.

6장

혼자 살아가는 것

혼자라는 절망감

하루가 크게 다쳤을 때 처음으로 철저히 혼자라는 절망감을 느껴 봤다. 서울에서 살 때 일어난 일이었다. 어느 날 아침에 일어나서 화장실을 가려고 하는데 바닥에 핏자국이 보였다. 잠결에 '저게 뭐지?' 하고 핏자국 방향을 따라가 보니 하루가 입을 못 다문 채 혀를 내밀고 있었다. 심장이 '쿵' 하고 내려앉았다. 침대 옆 높은 수납장에 하루가 올라갔다가 잘못 뛰어내렸는지 왼쪽 송곳니가 뒤로 밀려나 있었다. 심장이 빠르게 뛰고 머리가 어질했지만, 일단 하루를 잡아서 병원에 데려가야 했다. 나는 침착한 척 '하루야 뭐해? 우리 하루 간식 먹을까?' 하고 평소 말투처럼 나긋하게 얘기하며 천천히 다가가 재빨리 하루를 낚아챘다. 하루는 '아우우우웅' 하고 울기 시작했고 난 그제야 숨을 크게 뱉고 서둘러 케이지에 하루를 넣고 집 앞 병원에 달려갔다.

　병원 오픈 시간보다 10분 일찍 나온 나는 병원 문 앞에서 케이지를 들고 하염없이 선생님이 오기를 기다렸다. 출근하는 선생님은 나를 보고는 황급히 병원 문을 열었다. 문이 열리자마자 바로 병원에 들어가서 나는 파르르 떨면서 말했다.

　"선생님 하루가……, 다쳤어요."

　말을 꺼내고 나서야 주르륵 눈물이 났다.

　"선생님 어떡해요. 하루가……. 하루가……."

　마음이 와르르 무너져 케이지를 부여잡고 서럽게 울었다. 선생님은 서둘러 진료를 보더니 말했다.

　"송곳니를 크게 다쳐서 여기서는 치료를 못 할 것 같습니다. 서울대 동물병원이나 치과 전문 병원으로 가셔야 할 것 같아요."

　선생님은 응급처치를 해 주었고, 나는 추천받은 병원에 재빨리 전화했다.

　치과 전문 병원이 처음에는 예약이 다 찼다고 안 된다고 했지만, 내가 응급 상황임을 울면서 얘기하자, 다급한 처지를 느꼈는지 시간을 따로 내줘서 빠른 날에 치과 병원을 방문할 수 있었다. 치과 병원 진료를 기다리는 사이에 나는 다른 병원에 하루를 데리고 가서 먼저 치료할 수 있는지도 알아봤다. 하루는 며칠 사이에 여러 병원을 방문하니 신경이 예민해질 대로 예민해졌다. 그렇게 손꼽아 기다렸던 치과 병원에 방문했고 전문 의료기구로 하루의 치아와 턱을 정밀하게 검사했다.

의사 선생님은 검사 결과를 보더니 송곳니를 뽑기에는 현재 턱에 무리가 있어서 송곳니 교정을 하는 게 가장 나을 것 같다고 제안했다. 나는 하루 송곳니가 뽑히지 않고 입을 다물 수 있다면 뭐든 괜찮았다.

수술 날짜를 재빠르게 잡고 다시 병원에 방문했다. 선생님은 고양이를 잘 다뤄 본 듯 여유를 가지시고 '순하니까 바로 수술실에 데려가면 될 거예요.'라고 했다. 당시 나는 초보 집사였기 때문에 '진정제를 안 맞히고 들어가면 하루가 무서워할 텐데. 아닌가?' 하고 판단이 잘 서지 않아 선생님이 시키는 대로 하루를 안고 바로 수술실에 같이 들어갔다. 그 순간 하루는 수술실 풍경을 보고는 기겁하듯이 발버둥을 치기 시작했다.

내 품에서 어떻게든 나오려고 발버둥 치면서 하루

가 튀어나오는 순간 나의 새끼손가락 세 마디가 하루 발톱에 살이 찢겨 버렸다. 손가락 지방층이 다 보일 정도로 깊게 찢어져서 순간 병원은 아비규환이었다. 하루는 구석진 데로 숨어 버리고, 나는 피를 뚝뚝 흐르는 손을 잡고 있었고, 하루를 잡으려고 한 간호사님들도 팔에 생채기가 생겼다. 그나마 다행이었던 건 병원에서 다친 거라 선생님이 급히 내 손에 소독제를 마구 뿌리고 붕대로 지압을 해 주었다. 그리고 선생님은 구석진 데에서 무서워 가만히 있는 하루에게 진정제를 놓았다. 하루는 곧 잠이 들었다. 순식간에 소동이 정리되고 나는 멍해 있었다.

한바탕 난리 후에 하루는 수술에 들어갈 수 있었다. 나는 정신적으로 무너져 버려서 모두가 미웠다. 진정제를 먼저 투여하지 않은 의사 선생님도, 나를 할퀸 겁 많은 하루도, 잠시나마 하루를 미워했던 나도, 다 미웠다. 다행히 수술은 잘되었고 나는 다친 손으로 케이지를 어떻게든 잡고 무사히 집으로 돌아왔다.

집에 돌아와서 하루가 구석진 자리에 숨은 걸 보고 그제야 내 난리 난 새끼손가락이 눈에 들어왔다. 살이 찢어진 게 처음이라 무서운 마음으로 급히 병원 응급실에 갔다. 나는 이미 지칠 대로 지쳐 있었다. 병원 의자에 앉아 내 손가락을 꿰매 주는 선생님에게라도 뭔가 위로의 말이라도 듣고 싶어서 '저……, 이렇게 살이 찢어진 적이 처음이라……. 너무 무섭네요.'라고 하니 선생님은 나를 쳐다보지 않고 내 손가락만 꿰매면서 '오! 새롭게 경험하셨네요.'라고 무심하게 말을 툭 뱉었는데, 이 말 한마디가 아이러니하게도 크게 위로가 되었다. '새로운 경험?' 그래. 별거 아닌 일이 수도 있는데 내가 너무 크게 받아들였나 싶었다.

그렇게 조금 긍정적인 마음을 가지고 집으로 들어왔는데 나는 하루를 보고 또 무너졌다. 하루가 아까 난동 피웠을 때 잘못 착지했는지 다리를 절룩절룩하면서 걷고 있었다. 진짜 하루에게 왜 이런 일이 계속 일어나는 걸까? 이 겁 많고 불쌍한 하루를 또 병원에 데려가야 한다니! 두 손으로 얼굴을 감싸고 주저앉아 버렸다. 다 포기하고 싶었지만, 하루가 아픈 꼴은 죽어도 못 보겠다 싶어서 나는 또 24시간 하는 큰 병원에 하루를 들쳐 업고 가야만 했다.

검사 결과 다행히 큰 이상은 없었지만, 혹시 모르니 이것저것 검사를 한다고 입원을 권유했다. 하루가 한 번 병원에서 난동 피운 사실을 알리며 혹시 다른 분들이 다칠 수 있다고 얘기를 하니 그럼, 케이지 안에 일단 넣어두면서 수시로 확인하겠다고 했다. 케이지 안에 있는 게 마음에 걸렸지만, 알겠다고 하고 나는 하루를 두고 집으로 왔다.

하루가 없는 집에 있다는 게 너무 절망적이라고 생각했다. 하루가 나한테만 곁을 내주는 것도 힘들었다. 하루가 조금이라도 사람들과 친근했다면 누군가의 도움을 받을 수 있을 텐데 나 이외에는 사람을 다 무서워하니 나 혼자 하루를 돌볼 수밖에 없다는 점이 버거웠다. 하루가 괜히 미우면서도 불쌍하고 못난 주인을 만난 것 같아서 미안했다. 집이 이렇게 좁지 않았다면 하루는 다치지 않았을까? 까만 밤 침대에 웅크려 미안함과 서운함에 뒤엉켜 잠이 들었다,

이튿날 병원에서 검사를 해 보니 하루는 아무 이상 없다고 데리고 가라는 연락을 받았다. 나는 바로 택시를 타고 하루를 만나러 갔다. 병원에 있는 내내 아무것도 먹지도 않고 볼일도 보지 않았다고 했다. 그 말에 눈물이 한 움큼 다시 나왔다. 나는 택시를 타고 케이지를 무릎 위에

올려 케이지 안에 손을 넣어 괜찮다며 하루 등을 천천히 쓰다듬었다. 그랬더니 내 바지가 점점 축축해지기 시작했다. 하루가 그제야 긴장이 풀렸는지 오줌을 싼 것이다. 나는 바지가 젖은 것은 아랑곳하지 않고 울면서 하루를 계속 쓰다듬으며 안심시켰다.

"괜찮아……. 하루야……. 괜찮아. 이제 집에 가자."

그렇게 우리는 슬프고 힘든 하루를 이겨 냈다.

그 이후로 그 힘든 시기가 점차 익숙해졌다. 다친 손으로 일상생활을 보내는 것도 적응이 되었다. 하루 약을 먹이는 것도 처음에는 어찌할 바를 몰랐는데 참치가 섞인 츄르 경단에 약을 섞어 주니 다행히 잘 먹었다. 식욕이 없던 유부도 하루가 좀 안정되니 식욕이 되돌아왔다.

하루는 더 이상 병원에서 난동을 피지 않았다. 특히 피를 뽑을 때 혈관이 잘 보이지 않아서 몇 번이고 다시 주삿바늘을 찌를 때가 있었는데 하루가 그걸 참아 주는 게 눈에 보였다. 하루는 2개월 동안 교정기를 끼고 나서야 송곳니가 제자리로 돌아왔다. 그사이에 내 손도 아물고 흉터는 추억처럼 크게 남았다.

사실 이 시기가 고되고 힘들어서 띄엄띄엄 기억이

날 뿐 자세히 기억이 나지 않는다. 반려동물이 크게 아픈 걸 경험한 건 처음이었고, 혼자서 모든 책임을 지고 아픈 반려동물을 돌본다는 건 체력보다 정신적으로 많이 힘든 일이라는 걸 알았다. 하지만 이 고난의 시기를 겪고 나서 유부, 하루와 나는 단단해지고 훨씬 돈독해졌다.

혼자여서 모든 순간이 행복했던 건 아니었다. 혼자란 게 물리적으로 정신적으로 버거운 상황이 찾아올 때도 있다는 걸 이때 처절하게 경험했다. 그래도 다행인 건 고난의 경험은 나를 단단하게 만들어 주고 지나간다는 점이다. 이후로도 하루는 또 지방종을 제거하는 수술을 몇 번 했다. 그런 상황이 반복될수록 나는 여전히 겁이 많고, 혼자지만, 이 작은 존재는 믿고 의지할 사람이 나밖에 없다는 걸 아니까 나는 겁 많은 영웅이 되어 작은 존재를 지키려고 헤쳐 나가고 있다.

건강 관리

나는 두툼한 몸과 달리 이곳저곳 아픈 데가 많다. 허리디스크, 역류성 식도염, 스트레스 위염 등등 질병이 적지 않다. 한번은 대상포진에 걸려서 된통 고생한 적도 있다. 나이가 들면서 몸이 제법 낡은 티를 내기 시작했다.

혼자 산 지 15년, 병치레를 자주 겪으면서 변화된 것은 혼자 아프면서 느끼는 서러움보다는 불편함과 통증 때문에 귀찮은 감정이 더 앞서게 되었다는 점이다. 혼자서 아픔을 견디는 데에는 제법 익숙해졌다. 오히려 누군가의 걱정스러운 눈빛과 도와주려는 마음에 보답하려고 아픈 와중에도 힘 나는 척해야 하는 게 오히려 더 힘이 든다.

어느 날에는 허리를 삐끗해서 어쩔 줄 몰라 엄마에게 연락하고 같이 응급실에 갔다가 집으로 돌아왔다. 엄마는 내가 허리 아픈 게 속상하고 어질러진 우리 집을 보니 내가 더 애처로워 보였는지 달그락달그락 설거지를 하며 집을 치우기 시작했다.

걱정하는 엄마 마음이 신경 쓰여서 나는 아픈 허리를 부여잡고서 엄마에게 웃긴 농담을 하며 괜찮은 척했다. 엄마는 그런 나에게 그만 말하고 침대에 누워서 좀 쉬라고 하면서 집안일을 멈추지 않았다. 잠을 청하려고 했지만, 엄마가 청소하는 소리가 신경 쓰여 허리를 붙잡고 일어나 엄마 등을 밀어 집으로 보냈다. 그냥 혼자 엉망진창 아픈 게 속이 더 편했다.

나는 몸이 아픈 것을 정말 안 좋아하기 때문에 어지간하면 몸이 안 아프도록 노력하는 편이다. 어릴 때 편도선 수술을 한 적이 있어 기관지가 약하다. 코감기에 걸리면 중이염까지 번지기 쉽기 때문에 감기도 어떻게든 안 걸리려고 한다. 가령 같이 밥 먹는 사람이 감기에 걸렸다 하면 걱정하는 척하면서 혹시나 감기가 옮을까 봐 배부르다며 밥 먹던 숟가락을 놓아 버린 적도 있다. 이기적으로 보인다 해도 어쩔 수 없다. 아프면 정말 귀찮다. 그리고 감기 기운이 조금이라도 있으면 레몬차나 오렌지주스를 벌컥벌컥 마시고 잠을 일부러 푹 자고 그 기운을 떨쳐 내 버린다. 그렇게 노력한 결과 다행히 최근 몇 년간 감기에 걸린 적이 없다.

20대에는 물만 먹어도 팔팔했지만, 30대 후반인 나는 시들시들하다. 그래서 아침에 일어나자마자 영양제부터 먹는 습관이 생겼다. 오메가3, 비타민D, 아르기닌, 종합비타민 등 온갖 영양제를 입에 다 털어먹으면서 오늘 하루도 잘 버텨 주기를 염원한다. 혼자이기 때문에 누구 하나 나의 건강을 챙겨 주는 사람이 없다. 오직 나밖에 없기 때문에 아득바득 영양제를 챙겨 먹을 수밖에 없다.

체력을 기르기 위해 운동도 계속하려고 노력은 한다. 바쁘면 몇 개월 운동을 못 할 때도 있지만, 그래도 운동을 아예 포기하지는 않는다. 혼자서 돈도 벌어야 하고, 집안일도 해야 하고, 고양이도 돌봐야 하고, 왕복 3시간 거리인 회사도 출퇴근해야 한다. 혼자서 모든 일을 다해야 하므로 체력이 상당히 중요하다. 심지어 이 모든 일을 죽을 때까지 혼자 한다고 생각하면 운동을 외면할 수 없다. 20대에 다이어트를 한다고 매일 2~3시간씩 헬스를 꾸준히 한 경험이 있어서 혼자서도 운동을 제법 할 수 있다. 하지만 이제는 그렇게 많은 시간 동안 운동하기에는 몸이 버티지를 못하는 나이가 되니, 운동하는 방법도 단순해졌다.

삐까번쩍한 헬스장을 가기보다는 아파트 단지 안 작은 헬스장에 가서 인터벌트레이닝을 하거나, 공원에 가서 달리기를 하거나, 아니면 등산을 한다. 그저 틈틈이 주 2회라도 운동을 하려고 노력한다. 어쨌든 오래 혼자서 즐겁고 재밌는 일을 많이 하려면 체력을 단련하는 시간은 꼭 필요하다(글을 쓰는 요즘은 복싱을 배우고 있다).

그리고 여유가 되면 집밥을 해 먹으려고 한다. 배달 음식을 한없이 시켜 먹다 보면 속이 부대낄 때가 많다. 게다가 독립한 후 엄마 밥을 안 먹고 혼자 밥을 챙겨 먹다 보니 배달 음식의 비중이 커지고 인스턴트 음식으로 배를 채울 때가 많아서 가족과 함께 살 때보다 살이 많이 쪘다.

혼자 사는 삶의 장점이자 단점인 건 통제가 없다는 것이다. 부모님과 함께 살면 눈치 보면서 배달 음식을 일주일에 한 번 정도 시켜 먹을까 말까이지만, 혼자 있으니 일주일 내내 배달 음식을 먹어도 아무도 뭐라 할 사람이 없다. 건강이 나빠지기 아주 딱 좋은 환경이다.

그나마 재택근무를 하고 시간적 여유가 생겨서 집밥을 해 먹는 습관이 많이 길러졌고, 집밥은 주로 건강식으로 요리하는 편이다. 야채를 많이 곁들인 요리를 해 먹고 여유가 되면 되도록 제대로 된 밥상을 차려 먹는다. 반찬통만 '틱' 열어서 햇반이랑 먹을 때도 있지만 그럴 때는 겨우 한 끼를 때우는 느낌이 들어서 나의 삶의 질과 정신 건강을 위해서도 최대한 음식을 곱게 차려 먹게 되었다.

내가 건강 관리를 엄청나게 잘한다고 자부할 수는 없지만, 그래도 아예 손 놓고 있지는 않다고 말할 수 있다. 보편적인 얘기이지만 정말 건강 관리는 중요하다. 특히나 혼자 살면 통제가 없고 누군가가 챙겨 주지 않기 때문에 건강과 체력을 쉽게 놓칠 수가 있다. 나를 보살펴 주는 사람은 나밖에 없다는 걸 잊지 말고 누가 뭐라든 아득바득 건강을 챙기기를 바란다.

자신에게 맞는 동네 고르기

"여긴 너무 조용하잖아요. 그래서 심심해요."

"어 그래요? 조용해서 좋지 않나요? 전 이 동네가 한적해서 좋더라고요."

"저는 술 먹는 걸 좋아해서 동네에 술집이 많은 게 좋아요."

집 앞 네일샵에서 손톱 관리를 받으면서 직원분이랑 사는 동네에 관해 얘기를 나눴다. 서로 원하는 동네 취향이 다를 수 있다는 것을 이때 알았다. 나도 만약 유흥을 좋아했다면 이곳은 너무 조용한 동네라 안 맞을 수도 있겠다 싶었다.

가수 장기하 씨가 파주로 이사 갔는데 자신은 서울 토박이고 서울에서 보냈던 추억들이 너무 좋아서 다시 서울로 돌아갔다는 기사를 보고 좀 놀랐던 적도 있었다.

사람과 추억이 그리워 다시 서울로 간다는 얘기에 사람들이 원하는 동네는 가지각색이라는 생각이 들었다.

방배동에 살 때는 카페 골목, 이수역 근처 번화가가 나의 동네였다. 술집이 많아 유흥을 즐기기에 좋았다. 밤에 돌아다니는 사람들은 보면 대부분 잔뜩 흥이 올라 있었고, 술에 취해 길바닥에 자빠져 뒹구는 사람들도 심심치 않게 봤다. 술집과 노래방, 고깃집, 오락실들을 사람들이 바삐 드나드느라 시끌시끌했다.

나는 시끄러운 동네에서 어릴 때부터 쭉 살아왔기 때문에 그 시끄러움과 복잡함에 대해서 좋고 싫음이 없었다. 동네란 원래 그런 건 줄 알았다. 경기도로 이사 오기 전까지는 말이다. 지금 우리 집 동네는 산이랑 공원이 가깝게 있고 술집이나 유흥거리가 별로 없다. 그래서인지 다들 걸음이 바쁘지 않다. 대부분 천천히 걸으면서 유유히 산책하는 사람이 많고, 달리기를 하는 사람, 아니면 반려동물을 산책시키는 사람이 많다. 산책로가 널찍하고, 도로에 차들도 많지 않다. 그래서 동네 분위기는 한적하고 조용한 편이다.

게다가 우리 집은 역세권에서도 조금 비켜나 있어서

더 조용하다. 지하철을 잘 이용하지도 않아서 굳이 역세권 근처에 살 필요도 없었고, 역 근처로 가면 상가들이 좀 있기 때문에 서울보다는 복잡하지는 않지만, 우리 집 근처보다는 조용하지 않다. 그래서 나는 별거 없는 조용한 우리 집 근처를 배회하는 걸 좋아한다.

한번은 친구가 경기도에 이사하고 나를 집에 초대했다. 친구는 자기 집 앞에 쇼핑몰이 크게 있어서 살기 편하다고 이야기했다. 친구네 동네에 놀러 가 보니 집 앞에 있는 쇼핑몰 때문에 차들이 복잡하게 엉켜 있었고, 쇼핑하러 온 사람들이 복작복작 있는 게 나에게는 맞지 않는 동네였다. 하지만 친구는 운전을 못 하고, 개를 키우기 때문에 집 앞에 큰 쇼핑몰이 있는 게 이 친구에게는 알맞은 동네일 수도 있겠다 싶었다. 더구나 반려동물 동반이 가능한 쇼핑몰이고, 운전하지 않고 집 앞에서 바로 필요한 것을 쇼핑할 수 있으니, 친구의 생활 방식을 생각하면 이 동네가 편하다고 하는 게 이해가 되었다.

나도 내 동네 취향을 몰랐을 때는 무조건 역세권 근처에 집을 구하는 게 최고라 여겼고 큰 마트와 영화관이 얼마나 가까이 있는지만을 봤다. 하지만 우연히 지금 사는 동네로 이사를 와 보고 나니 나의 동네 취향을 알게 되었다. 천천히 산책하는 사람들을 바라보는 게 좋았고, 사계절마다 정취가 달라지는 허산을 오르는 게 좋았다. 복잡한 서울에서 많은 사람 속에 섞여 있다가 한적한 우리 동네로 퇴근하면 차가운 공기가 내 콧속을 반겨 줬다. 그러면 조용한 밤하늘을 바라보며 '드디어 우리 동네에 왔구나!' 하고 마음이 고요해지는 게 좋았다.

집을 구할 때 교통편이나 집도 중요하지만, 동네의 취향도 잘 살핀다면 의외로 삶의 질을 많이 올릴 수 있다. 집을 구할 때 소소하지만 중요한 요소로 한번 고려해 보시기를 바란다.

이러한 삶도 있다는 것

혼자 사는 내 인생이 구슬프다고 생각했던 때가 있었다. 누군가에게 첫 번째가 내가 되었으면 하고 사랑을 찾아다녔다. 가족에게서, 친구에게서, 연인에게서. 그러나 결국 어디서든 나는 순위에서 늘 밀려 있었다. 그렇게 날 소중히 여기는 사람을 찾다가 모든 걸 포기하고 김포에서 털썩 주저앉아 버린 건지도 모른다.

일본 영화 〈혐오스런 마츠코의 일생〉을 봤는데, 이 영화는 내 인생에 큰 영향을 줄 만큼 강렬했다. 마츠코는 아픈 동생에게 밀려 가족의 사랑을 많이 받지 못하고 사랑을 찾아 여러 남자를 만나지만 결국 인연을 잘 맺지 못했다. 인생은 점점 시궁창으로 밀려나고 끝까지 사랑만을 찾다가 마지막 드디어 자신만의 꿈을 발견했을 때, 중학생에게 야구 방망이로 맞고 황량하고 허무하게 죽어 버린

다. 이 영화에 과하게 몰입했던 건, 이때만 해도 나는 부정적인 생각과 슬픔이 가득했고 사람의 사랑을 찾았던 시기였기 때문이다. 나의 인생도 어쩌면 마츠코처럼 흘러가는 건 아닐까 하는 생각이 들었다. 그 후로도 관계에서 고난이 올 때마다 늘 마츠코가 떠올랐다. '결국 난 마츠코의 인생인가' 하는 생각이 그림자처럼 붙어 다녔다.

그런 시간을 보내다가 경기도에 와서 혼자만의 시간을 가지고 앞서 만났던 다양한 인연과 관계를 쌓아 나가고 글을 쓰고 그림을 그리며 나는 마츠코에서 점점 벗어날 수 있었다. 누군가에게 나를 가장 소중한 사람으로 여겨 달라고 바랄 게 아니라 '나 자신이 날 가장 소중히 여기자.'라는 답을 찾았다. '아무도 나를 사랑하지 않는다면, 내가 나를 사랑하면 돼.'라는 과정이 김포에서 1~2년간 혼자 지내면서 자연스럽게 다져졌다.

그러다 문득 다른 영화가 생각이 났다. 〈백엔의 사랑〉이라는 영화였는데 이 영화도 나에게 많은 영향을 주었다. 주인공은 이치코라는 30대 여자인데, 백수에 연애도 못 하고 무기력하기만 한 이치코가 동생과 싸운 뒤 집을 나와 독립한다. 돈을 벌기 위해 백엔샵에서 아르바이

트를 시작한다. 거기서 다양한 사람을
만나고 우연히 지나가다 복싱장에서 복
싱하는 선수에 반해 연애하게 되는데,
결국 그 복싱선수는 두부 장사하는 여자와 바
람이 나서 이치코는 연애에 실패한다. 그러나 이
치코는 주저앉지 않고 복싱장에 천천히 발을 들이고 점
점 복싱에 빠져들더니 결국 복싱 대회에 도전하게 된다.

대회를 준비하는 동안 이치코는 몸도 변하고 눈빛도
변해 가면서 성장해 나간다. 첫 복싱 대회에서 지고 말았
지만, 복싱에 치열하게 덤비고 온몸을 던지는 게 마음을
울렸다. 시합 결과보다는 이치코의 성장 과정을 보고 울
컥했던 영화다. 이 영화를 보면 나도 인생을 다시 열심히
살고 싶은 생각이 절로 들게 된다.

나도 오랜 세월을 우울감에 젖어 집에 누워만 있다
가 조금씩 힘을 내어 글쓰기를 배우고, 그림을 그리고, 어
느새 이렇게 책을 쓰고 있는 게 마츠코가 아닌 이치코의
인생에 좀 더 가깝게 다가간 게 아닐까 생각했다. 내가 영
화를 보면서 다른 여성들의 인생을 보고 우울하기도 했
다가 다시 자극받았던 것처럼 이 글을 읽는 독자분들에

게도 나 같은 인생도 있다는 걸 얘기해 주고 싶었다.

요즘은 평범의 기준이 점점 모호해지고 있지만, 나도 어찌 보면 평범하지 않은 인생을 살아가고 있다고 생각한다. 이렇게까지 혼자일까 싶을 만큼 혼자였고, 그 혼자임이 싫어서 단 한 명에게만이라도 소중한 사람이 되고 싶어서 발버둥을 쳤다. 나는 사랑 받지 못하는 저주가 걸린 인생인 걸까 하고 많은 자책은 했다. 쓸쓸했던 시간이었다. 하지만 결국 아무도 사랑해 주지 않는다고 주저앉을 게 아니라, 내가 나를 끌어안아야 했다. 내가 나를 챙기고 소중히 여기니 어느새 두 다리는 단단해져 굳건히 설수 있었고, 텁텁하고 모래바람만 불던 내 마음에도 살랑거리는 바람이 불고 단비가 내렸다. 물론 시시때때로 다시 모래바람이 불어올 때도 있지만 그럼에도 불구하고 다시 좋은 바람이 불어오리라 믿고 기다리게 되었다.

이러한 삶을 사는 사람도 있다는 것을, 나 또한 긴 시간을 슬픔에 젖어 살았다는 것을, 하지만 인생은 때때로 영화처럼 극적인 순간을 맞이할 수 있다는 것을 전하며, 나의 삶의 이야기가 당신에게 조금이나마 살랑거리는 바람으로 다가가기를 바란다.

불안은 언제나 내 곁에 있다

전보다 불안이 많이 사라졌지만, 나는 여전히 불안
증 약을 먹고 있다. 성격 자체가 불안이 많아서, 아마 앞
으로도 작고 소소한 불안은 내 곁에 붙어 있지 않을까 싶
다. 불안을 없애려고 하는 것보다는 그냥 불안이 많은 성
격을 받아들였다.

그전에는 '나는 이대로 혼자 살아야 하는 걸까?' 하
는 불안이 매우 컸고, 혼자 살아도 괜찮다는 답을 찾았지
만, 한참 후에 또 다른 불안이 찾아왔다. 혼자 사니까 평
생 돈을 벌어야 하는데, '과연 내가 언제까지 돈을 벌 수
있을까?' 하는 점이었다.

요즘 시대에는 회사도 나의 평생직장을 보장하지 못
하고 안전하지도 않다. 마흔이 다가오면 회사에서 자리
를 잡고 안정적으로 다닐 줄 알았지만, 나는 여전히 불안

정하게 회사에 다닌다. 나보다 나이가 많은 여자 상사도 회사에서 자리를 지키기 위해 고군분투한다. 그 모습이 나의 가까운 미래가 되지 않을까 싶어서 불안하고 씁쓸하기도 했다. 그리고 나는 다른 직업을 고민할 시간도 없이 계속 회사에 다니면서 쉼 없이 돈을 벌어야 할 처지여서 불안감이 더 많아졌다.

그럴 때는 결혼한 친구 부부를 보면 부럽다. 둘이 한 배에 타서 서로 같이 노를 젓다가 한 명이 너무 힘들면, 한 텀을 쉬어도 다른 한 명이 계속 노를 저어 배를 움직이게 할 수 있다. 하지만 나는 내가 노를 젓지 않으면 더 이상 배가 움직이지 않는다. 혹여나 내가 큰 병에 걸리거나, 돈을 벌 수 없는 상황이 오면 과연 어떻게 될지 늘 불안하다.

그리고 혼자이고 나이가 들어가니 관계의 폭이 현저히 좁아지고 있다는 공허함과 상실감이 때때로 내 마음을 쓰리게 훑고 지나간다. 특히 SNS에서 다른 사람의 인생을 지켜보고 있을 때 그렇다. 내가 자극받고 좋아하는 사람들이 새로운 일을 시작하고, 다양한 사람과 관계를 맺고, 자신의 세계를 더 넓히고 있는 모습을 소파에서 혼자 자빠져 누워서 핸드폰으로 지켜보고 있으면, '나는 지금 뭐 하고 있는 걸까?' 하는 생각이 절로 든다. 먼저 친근하게 다가가지 못하는 성격이고, 친해지려고 노력하는 방법도 서툴러서 혼자인 걸까라는 부정적인 생각을 하기도 한다. 물론 각자만의 인연을 맺는 시간의 속도는 다르다고 느끼지만 내가 너무 느리고 관계를 다양하게 넓히지 못하는 것에 대한 불안감이 막연하게 들 때가 있다.

앞으로 내 인생에 큰 이벤트는 없다는 생각에 쓸쓸해지기도 한다. 결혼이란 것은 인생의 여러 이벤트를 만들어 준다. 결혼은 결혼식, 결혼기념일, 아이의 탄생, 아이의 첫돌, 아이의 첫 입학, 결혼 10주년 등등 가족과 함께 다양한 이벤트를 맞이하게 해 준다. 혼자 사는 인생은 기념할 일이 환갑잔치 정도밖에 없을 거라는 웃을 수도 울 수도 없는 생각을 한다. 혼자서는 어떠한 기념을 기록하기 위해 사진관에 가서 사진을 찍을 일도 없다. 그런 쓸쓸함 때문에 내 작업물에서 성취한 기록을 혼자 더 기뻐하고 기념하는 면도 있다. 혼자지만 인생의 이벤트를 만들고 싶었다. 인스타그램 팔로워 숫자 단위가 올라가면 이벤트도 열어 보고, 어딘가에 내 글이나 그림이 소개되면 혼자지만 오히려 더 크게 축하하고 주변에 알렸다.

이렇게 혼자 살면서 불안감을 느끼며, 결혼을 했으면 이 불안감을 느끼지 않았을까 고민을 잠시 했다. 결혼하면 혼자 살 때의 고민이 어느 정도 해결은 되겠지만, 둘이 살면서 또 다른 불안감을 겪었을 것이라는 생각이 들었다.

사실 혼자 사니까, '혼자서도 잘만 지내고 있다.' 하며 힘을 주고 남에게 잘 살고 있는 모습만을 보여 주려고 했던 적도 있었다. 혼자 사는 게 힘들다고 하면 '그것 봐. 그거 결혼 안 해서 그래.' 아니면 '결혼할 생각은 없어?'라는 말을 듣고, 혼자의 힘듦과 외로움의 답이 결국 결혼으로 향하는 것도 싫었다. 그래서 혼자서도 잘만 산다고 너스레를 떨었던 것 같다.

그러다 어느 순간 혼자 살면 굳이 꼭 행복해야만 하는 걸까라는 생각이 들었다. 혼자 살아도 둘이 같이 살아도 삶의 희로애락은 비슷하지 않을까? 그냥 '혼자라서 행복해요.'가 아니라 '그냥 혼자 살아가고 있어요.'가 더 맞는 말인 것 같다. 결혼한 사람들도 삶이 다 해피엔딩으로 끝나지 않는 것처럼 말이다. 혼자라서 더 행복하게 잘 살아야 할 이유는 없는 것 같다.

'혼자 살면 어때? 좋아?'라는 질문에 나는 이제 대답을 바꾸려고 한다. 전에는 '혼자 살면 좋지! 이런 것도 좋고 저런 것도 좋아.'라고 구구절절 혼자 사는 장점만을 얘기했다면 지금은 '그냥 인생 사는 건 비슷하지. 좋을 때도 있고 싫을 때도 있어.'라고 대답하려 한다. 혼자라서 불안한 것이 아니다. 명심하자. 혼자든 둘이든 불안은 언제나 우리 곁에 있다.

60대에 현업에서 일하고 있는 여성들

우연히 내 주변에서 60대에 일하는 여성을 많이 알게 되었다. 우리 엄마, 글쓰기 선생님, 청소 도우미분 등. 다들 자신의 일터 안에서 열심히 일을 하고 돈을 번다. 혼자 살기로 마음을 먹고 나서는 앞으로 오랫동안 돈을 벌어야 한다는 걱정과 고민을 늘 가지고 있었기 때문에, 나는 이분들이 일하시는 모습을 눈여겨보게 되었다. '어떻게 60대에도 일을 저리 잘하실까?' 하고 궁금해서 일하는 것을 어깨너머로 조용히 지켜보고 이들의 이야기에 귀를 기울였다.

첫 번째는 우리 엄마다. 엄마는 30년 가까이 공부방을 운영하고 있다. 늘 나에게 고등학교 수업은 너무 어렵다며 징징대면서도 틈틈이 고3 수학을 공부하고 미적분을 계산한다.

엄마의 공부방은 신기할 만큼 학생이 끊기지 않는다. 공부방 풍경은 소박하다. 일반 가정집 작은방에 책상과 의자 몇 개를 들여놓고 화이트보드 하나만 덩그러니 놓여 있다. 포털 사이트에 따로 학원을 등록하지도 않았다. 주로 홍보는 전단지로만 하고 입소문으로 알음알음 학부모님이 상담하러 찾아온다. 그리고 엄마는 나이가 지긋한 선생님인데도, 초등학생부터 고등학생까지 다양하게 학생들이 찾아와 엄마에게 수업을 받는다. 대부분 학생은 공부방에 한 번 다니기 시작하면 오래 다니는 편인데, 초등학교 때 들어와서 수능이 끝날 때까지 다녀 아예 공부방을 졸업하고 나가는 학생들도 종종 있다.

선생님으로서 엄마에게 무슨 매력이 있는 걸까? 정확히는 알 수 없지만, 엄마의 공부방 일상 이야기를 들으면 어렴풋이 알 것 같았다. 30여 년간의 수많은 학생의 사연들을 여기서 다 풀 수는 없지만, 최근 엄마에게 들었던 공부방 이야기를 꺼내 보자면, 어느 학생이 몇 년간 오래 공부방을 다녔는데 어느 날 그 학생 학부모님이 엄마에게 연락을 했단다. 집안 사정이 안 좋아져서 이번 달까지만 보내고 더 못 보낼 것 같다고 말이다. 아이는 '왜 그만

다녀야 해요?'라고 물어보는데 돈이 없어서 못 다닌다는 말은 차마 하지 못했다며 어려운 사정을 우리 엄마에게 이야기했다. 엄마는 그 이야기를 듣더니 이렇게 말했다고 했다.

"아이고, 어머니! 3개월 정도 그냥 학원비 내지 말고 보내요. 3개월 학원비는 나중에 천천히 갚아요. 이제 애 성적도 잘 오르고 있는데 지금 안 오면 흐름이 끊기잖아요. 걱정하지 말고 그냥 보내요."

엄마도 여유가 있는 편은 아니었지만, 돈이 없어서 못 오는 아이들 부모님의 사정을 들으면 종종 저렇게 편의를 봐 주고는 했다. 엄마의 공부방은 상업적이지 않고, 시설이 엄청 좋은 편도 아니고, 게다가 젊은 선생님도 아니지만, 소박하고 따뜻한 정이 넘실거리는 공부방이라서 학생들이 말없이 북적북적 오래 다니지 않을까 하는 생각이 들었다.

그다음은 나의 글쓰기 스승님, 이남희 선생님이다. 이남희 선생님의 글쓰기 수업은 두 번이나 들었지만, 선생님의 박학다식한 이야기는 두 번 들어도 여전히 재밌다. 수업 시간은 2시간인데 늘 수업 시간을 넘기며 수강생이 써 온 글 하나하나 자세히 들여다봐 주고, 꼼꼼히 첨삭을 해 주는 모습이 좋고 존경스러웠다. 다른 수강생들도 자기 글을 첨삭해 주고 꼼꼼히 피드백해 주는 게 재밌어서 수업 시간이 지나가도 다들 아무도 나가지 않고 선생님 수업에 빠져들어 있다.

　같이 밥을 먹으면서 선생님이 나에게 해 준 이야기가 있는데, 선생님은 많은 수강생을 만나 와서 얼굴과 이름은 다 기억하지 못한다고 했다. 하지만 수강생이 자신이 썼던 글 내용을 얘기하면 그 사람에 대한 글이 머릿속에서 좌르륵 기억난다고 했다. 얼굴이 아니라 글로 기억한다는 게 얼마나 낭만적인가. 그리고 수강생 중에 글에 재능을 보이거나, 신경 쓰이는 수강생이 있으면 종종 같이 밥을 먹으러 간다(사실 나에게만 특별하게 밥을 먹자고 한 건 줄 알았는데 아니었다). 매번 같은 수업을 하면 무뎌질 만도 할 텐데 선생님은 늘 수강생들에게 열정적이고 세심하며 수강생 글에 늘 다정했다. 지금의 나도 글쓰기 수업은 선생님 수업을 두 번 들은 게 다였지만, 2년이 지난 지금도 여전히 선생님은 나에게 시를 보내 준다. 그런 선생님을 통해 가르침에 대해서 다시금 생각하게 되었다. 인생에서 이런 스승님을 만날 인연이 과연 몇 번이나 있을까 할 정도로 선생님의 가르침과 따뜻함은 내 마음 깊숙이 스며들었다.

마지막은 우리 집을 청소해 주시는 도우미분이다. 도우미분은 나를 말없이 많이 위로해 주신 따뜻한 분이었다. 집을 정말 엉망진창으로 하고 도우미분을 맞이할 때가 많았는데 잔소리 한 번 안 하시고 늘 서글서글하게 웃으시며 '젊은 사람들 바쁘면 다 어쩔 수가 없어요, 괜찮아요.' 하며 우리 집을 청소해 주었다. 힘든 회사 일을 마치고 집에 돌아오면 단정한 우리 집을 보고 많은 위로를 받았다. 도우미분은 행주 하나도 정갈하게 고이 접어놓았고, 늘 휴지통을 새 쓰레기 봉투로 갈아 주었고, 청소기 먼지 통도 사용할 때마다 꼭 통을 깨끗이 비워 놓고 갔다.

여러 도우미분들의 도움을 받았지만 그분처럼 다정하게 청소를 해 준 분은 없었다. 그분은 남편분 연금이 나와서 사실 일을 안 해도 되지만, 청소하는 일이 좋아서 계속한다고 했다. 자신이 청소해 주면 사람들이 기뻐해 주고 고마워하는 모습을 보고 행복하다고 했다. 한번은 아이 돌보는 일도 했는데 그 아이가 도우미분을 참 좋아했다고 한다. 그런데 그 집이 이사하면서 거리가 멀어져서 그만둘 수밖에 없었다고 했다. 나중에 그 집에 안부 삼아 연락을 해 보니 아이가 도우미분을 그렇게 찾고 서럽게 운다고 했다. 그래서 그 아이에게 너무 정이 들어 보고 싶어서 찾아갈까 고민했지만, 일부러 가지 않았다고 했다. 앞으로 새로운 돌봄 도우미분과 친해져야 하는데 자신이 가면 아이가 적응을 못 할까 봐 마음을 접었다고 했다.

나는 그 이야기를 듣고 마음이 아리면서도 그분의 깊은 배려심과 세심한 마음이 느껴져서 손을 꼭 잡았다.

이렇게 우리 엄마, 글쓰기 선생님, 청소 도우미분이 일하는 모습을 지켜보고 이야기를 들었을 때, 공통된 점은 돈을 벌기 이전에 사람과 사람으로 이어지는 따뜻한 정을 바탕으로 일한다는 것이었다. 그리고 연륜에서 나오는 삶에 대한 여유와 자기 일을 얼마나 열정적으로 임하는지도 느끼게 되었다. 이 글을 쓰면서 내가 일을 하면서 사람들에게 다정했나 잠시 생각했다. 나도 이분들을 닮아 가면서 60대에도 일을 계속하고 싶다. 소박하면서도 정이 넘실거리면서도 열정적으로 일하고 싶다.

완벽한 준비는 없다.
하지만 어떻게든 되겠지!

　　끝에 와서 이런 얘기를 하는 게 좀 그렇지만, 혼자 살기 위해 철저하게 준비나 계획은 하지 못했다. 특히 경제적인 부분에서는 더욱 그렇다. 당장 이번 달 카드값과 불어난 대출 이자 갚기에 바빠서 저축도 많이 못 해 놓은 상태다. 그래서 '혼자 살기 위한 필수 리스트', '혼자 살기 위한 재테크' 등등과 같은 내용은 이 책에 담지 못했다. 그런데 이상한 건, 난 지금 눈앞에 있는 사소한 고민과 걱정거리의 불안감은 있지만 앞으로 20~30년 뒤 나의 노후에 대해서는 큰 걱정과 불안이 없다. 대책 없지만 '뭐 어떻게든 되지 않을까?' 하는 생각이 먼저 든다. 물론 소위 인생의 마지막 미션인 집을 사서 그런 것일 수도 있다. 스물일곱 살에 김포에 있는 아파트를 덜컥 매입했던 나의 무대책 정신은 서른아홉 살 나의 어딘가에 아직 살아 있다.

나는 사실 인생의 변수를 많이 생각하는 편이다. 완벽하고 안전한 계획과 준비를 철저히 해 놓아도 갑자기 튀어나오는 변수에 무너질 수도 있고, 아무런 계획과 준비를 하지 못했지만, 생각지도 못한 곳에서 해결책이 나오는 경우를 더러 보기도 했고 직접 경험도 했다. 그래서인지 눈앞에 있는 문제들을 하나씩 해결해 나가면 자연스럽게 삶이 이어 나가지 않을까 하고 낙관적으로 바라볼 뿐이다.

회사에서 일을 할 때도 같은 마음이다. 일은 많고 마감일은 다가오는데, 동료 디자이너들이 '과연 마감까지 일을 마칠 수 있을까?' 하고 불안해하고 있으면, 나는 그때마다 영혼이 나간 채로 인자한 웃음을 지으며 '마감 시간이 지나면 다 해결돼 있을 거야. 우리는 어떻게든 해내고 말 거거든.' 하고 말한다. 그럼, 동료들은 '그건 맞아. 어떻게든 우린 해결해 놓을 거야.' 하고 같이 웃으면서 불안을 털어 버렸다.

'어떻게든 되겠지' 하는 마음으로 삶을 살아갈 수 있는 건, 지난날을 회상했을 때 나의 생존능력이 생각보다 강하다는 걸 알게 돼서 그런 것 같다. 나의 고향 방배동을 떠나는 두려움을 견디고 경기도에 이사를 와서 어찌어찌 적응해 왔고, 오래된 우울증이 폭발해서 죽고 싶었던 마음도 어찌어찌 이겨 냈다. 평생 혼자 살아가야 한다는 불안도 경기도에서 느릿한 시간을 혼자 보내면서 이렇게 살아도 괜찮다는 쪽으로 생각이 옮겨 가며 안정을 찾았다. 수많은 고난과 고민이 있었지만, 생각지 못한 변수들이 나를 도와줬고, 시간이 해결해 주었다. 그런 세월이 '어떻게든 되겠지.' 하는 마음으로 나를 단단하게 만들어 준 것 같다.

그렇다고 너무 넋 놓고 아예 노년을 준비하지 않는 건 아니다. 도전과 실패의 반복이긴 하지만, 돈을 아끼다가도, 폭주해서 돈을 흥청망청 쓸 때도 있고 그러다 다시 아끼고, 건강을 위해서 운동을 열심히 하다가 몇 개월 쉬고 또 몸이 이대로 가다 망가지겠다 싶으면 다시 운동하고, 집밥도 한동안 열심히 해 먹다가 또 고삐가 풀려서 배달 음식을 연일 시켜 먹고, 그러다가 이래선 안 되겠다 싶어서 다시 집밥을 먹는다. '어떻게든'이라는 단어 속에 그래도 노력이 깃들어 있다는 것을 알아줬으면 한다.

좀 더 나은 말로 나를 치장하고 싶었지만, 결국 많은

고난과 불안을 겪고 별빛 없는 깜깜한 길목을 주저앉아서 죽기만을 기다렸다가, 우연히 밤하늘에 반짝이는 별을 마주하고, 그 반짝이는 별을 따라가다 보니, 푸른 하늘에 따뜻한 햇살 속에서 마주친 이 긴 여정의 내가 찾은 답은 "어떻게든 되겠지"라는 민망할 정도로 단순한 답이었다. 이 책을 읽는 여러분도 나처럼 이 불확실한 삶의 여정을 어찌어찌 어떻게든 헤쳐 나와 지금까지 살아오지 않았을까 생각한다. 그래서 완벽한 계획이 없더라도, 우리가 지금까지 살아온 힘을 믿으며 앞으로의 나날을 너무 겁내지 않았으면 좋겠다.

당신과 나는 어떻게든 잘 해결해 나갈 거예요.

혼자여서도, 함께여서도.

"정희정 씨는 2023년 말쯤에 애를 낳을 겁니다."

2년 전, 친구를 통해 사주를 아주 잘 보는 분을 소개받아서 사주를 봤다. 과거에 있었던 일들도 잘 맞추고, 내 회사나 직업에 관해서도 잘 봐 주는 것 같아 몇 번 더 보러 갔는데 유독 결혼 운과 자식 운에 관해 얘기를 많이 하는 게 탐탁지 않았다. 이미 난 혼자 살기로 마음을 먹은 지 오래였고, 심지어 1~2년 안에 결혼하려면 주변에 연애할 만한 남자가 있어야 하는데 눈을 씻고 봐도 내 주변에 남자의 '남' 자도 없었다. 그래서 결혼 운과 자식 운이 다른 운이지 않을까 싶어서 '선생님, 저는 아무리 봐도 결혼을 안 할 것 같은데, 애를 낳기보다는……. 작품을 낳지 않을까요? 하하하.'라고 얼토당토않은 이야기로 농담을 했다. 당시 막 《경기도에 혼자 삽니다》를 써 볼까 하고 머릿속으로만 생각했을 때였다.

선생님은 단호하게 '아닙니다. 결혼하고 아기도 가지게 될 거예요.'라고, 얘기를 해서 난 왠지 승부욕이 생겨 버렸다.

"그럼, 선생님. 제가 2년 후에 결혼도 안 하고 아기도 안 낳으면 어떻게 돼요?"

"아닙니다. 분명 그럴 겁니다. 그러지 않으면 제가 돌팔이가 돼요."

나는 마음속으로 꼭 2년 후에 다시 사주를 보러 와서 선생님이 돌팔이라는 걸 증명해야지 하면서 돌아섰는데, 그로부터 2년 후 2023년에 나는 《경기도에 혼자 삽니다》를 쓰게 되었다. 내가 우스개로 던진 '작품을 낳지 않을까요?' 했던 말이 실제로 일어나 버렸다.

2022년 12월에 출판 제의가 들어왔고, 장장 10개월을 회사든 집이든 카페든 어디를 가도 아이패드나, 노트북을 들고 다니면서 틈틈이 글을 썼고 2023년 가을에 퇴고했다.

사주 선생님은 내가 결혼도 안 하고 애도 안 낳으면 돌팔이라고 했지만, 어쨌든 나는 선생님이 말한 시기에 책를 낳기는 했으니 돌팔이는 아닌 듯하다. 선생님은 비록 결혼 운과 자식 운으로 풀이했지만, 과거와 달리 요즘은 결혼 운이나 자식 운을 일이나 직업 운으로 해석하는 경우가 많다는 얘기를 들었다. 나 같은 경우는 일 또는 직업 운으로 풀리지 않았나 싶다. 엄마에게 사주 이야기를 하니 이렇게 말했다.

"그 사주가 맞는 것 같아. 네가 올해 글 쓰는 과정을 보면 산고의 고통과 비슷하다 비슷해."

산고를 직접 경험해 보지는 않았지만, 글을 품고 있는 내내 힘들기는 했다. 2년 전, 재택근무를 하면서 여유롭게 글을 쓰는 상황과 달리 나는 최근 매일 왕복 3시간 넘는 거리를 출퇴근하면서 틈틈이 글을 썼다. 새벽 5시에 일어나 출근 준비를 하고, 회사에 아침 8시에 출근했다. 글 쓰는 시간을 벌기 위해 자차 대신 대중교통을 타고 버스 안에서 글을 수정하거나 모자란 잠을 보충했다. 그리고 매일 회사 점심시간에도 글을 쓰고, 퇴근 후에도 저녁에 글을 썼다. 나의 모든 생활에 글이 스며들어 있었다.

그런 와중에도 나의 동네를 잊지 않았다. 퇴근길 버스가 우리 동네에 들어서고, 창밖의 드넓은 푸른 논밭의 풍경이 보이기 시작하면 '이제야 나의 동네로 돌아왔구나!' 하고 미소를 지었다. 주말이 되면 틈틈이 허산을 올라 계절마다 달라지는 허산의 풍경을 놓치지 않고 만나러 갔다. 복잡한 서울에서 사람들 무리 속에 섞여 출근하고 시끌시끌한 소음으로 이내 마음이 지치면, 퇴근하고 저녁때 고즈넉한 우리 동네 공원을 찾았다. 공원의 수로를 따라 걸으며 천천히 말없이 걸어 다니는 사람들을 보고, 수로의 잔잔한 물결을 바라보며 서울에서 시끄럽게 파동 치던 내 마음을 고요하게 잠재웠다.

나는 여전히 우리 동네를 사랑하고 있다.

마지막으로 이 글에 나온 사람들과 글을 쓰는 동안 지켜봐 주고 응원해 준 모든 이들에게 감사 인사를 드리며 이 글을 마칩니다.

경기도에 혼자 삽니다

발행일 초판 1쇄 2024년 3월 18일

지은이 정희정

편집 김유민

디자인 이진미

펴낸이 김경미

펴낸곳 숨쉬는책공장

등록번호 제2018-000085호

주소 서울시 은평구 갈현로25길 5-10 A동 201호(03324)

전화 070-8833-3170 **팩스** 02-3144-3109

전자우편 sumbook2014@gmail.com

홈페이지 https://soombook.modoo.at

페이스북 /soombook2014 **트위터** @soombook **인스타그램** @soombook2014

값 15,500원 | ISBN 979-11-86452-97-4